文春文庫

発　現

阿部智里

文藝春秋

発現

穏やかな日暮れだった。

夕日に照らされた道路脇の秋の花は、ささやかながら美しく咲き誇り、豆腐を売る調子外れのラッパと路面電車の規則正しい音がまるで音楽のように空気を彩っている。

近くの家で夕食の支度をしているのか、どこからか醬油《しょうゆ》の焦げる香ばしい匂いが漂い、それだけで腹がぐうと鳴った。

家で、愛する家族が首を長くして自分の帰りを待っていると思えば、自然と足は速くなっていた。

幸せだった。

何一つ欠けることなく、満たされていた。

仕事は順調で、上司にも同僚にも恵まれ、心優しい妻と可愛《かわ》い娘がいる。
これ以上、一体何を望むことがあるだろう。
こんなに幸せで良いのかと心配になるほど、幸せだった。

「お父さん」

どこかで、鈴を転がすような声がした。
路面電車がすぐ脇を通り過ぎ、ゆるりと、道路脇の赤い花が揺れる。
顔を上げ、笑みを浮かべてこちらに駆け寄って来るその姿を認め、
私は――

平成三十年　1

「村岡《むらおか》さつきさんはいらっしゃいますか」

突然、ホワイトボード脇の扉が弾かれたように開かれた。教室に残っていた学生達は、何事かと目を丸くする。

ちょうど、四限の講義が終了したばかりである。

窓から差し込む冬の西日によって、教室の中はささやかに明るい。

来週の休講を知らせる教授の声が響き、学友達がそそくさと出て行く中、さつきは移動させた机をもとに戻しているところであった。

激しく肩を上下させながらさつきを呼ばわったのは、大学職員と見られる若い女性だった。この大学に入学して半年以上経《た》つが、これまで、事務の人が教室まで学生を呼びに来た姿など見たことがない。

「どうしました」

「ああ、先生。村岡さんは、今日出席していましたか」

「村岡さん？」

ちょっと待ってねと言って、教授は出席カードを確認しようとした。

「村岡さつきは、私です」

さつきが慌てて声を上げると、職員はパッとこちらを見た。

「良かった。荷物を持って、一緒に来てくれますか」

「はい」

ぐちゃぐちゃになるのにも構わず、レジュメを筆記用具ごとバッグに突っ込み、教室を出た職員のあとを追う。

「父に、何かあったんでしょうか」

最初に頭によぎった懸念を口にすると、職員は驚いたようにさつきを振り返った。

「違います、違います。びっくりさせてごめんなさいね。今、ちょっと変わったお客さんが村岡さんを訪ねて来ていて」

「変わったお客さん？」

とにかく事務所までお願いしますと、再び顔を前へと向ける。

「村岡さん、いらっしゃいました！」

事務所の扉を押し開けながら職員が声を上げると、中で様々な手続きをしていた学生や職員の視線が、一斉にさつきへと突き刺さる。スイングドアを押しのけてカウンターの内側に入ると、事務所の奥に、数人の職員が集まっているのが目に入った。

「おお、構内にいたか」

良かった良かった、と口々に言う彼らが囲む中央、キャスター付きの椅子の上に、その「変わったお客さん」とやらは鎮座していた。

女の子だ。

年は五歳くらいだろうか。

紺色のカーディガンには小さなポンポンが付いていた。ギンガムチェックのキュロットスカートから覗く足は白いタイツに覆われ、棒のように肉付きが薄い。つやつやとした髪は可愛らしく二つ縛りにしてあったが、下を向いているせいであらわとなった後頭部はつるりと丸く、うなじから首にかけての細さにはぎょっとするような痛々しさがあった。

「あの……？」

さつきが戸惑いながら声を掛けると、頑なに下を向いていた女の子は顔を上げた。

一瞬、能面のような無表情だった彼女は、しかしさつきを認めると眉尻を下げ、自信なさげに呟《つぶや》いたのだった。

「さつきおねえちゃん……」

さつきをそう呼ぶのは、この世にたった一人しかいない。

「まさか、あやねちゃん？」

さつきにとって、唯一の姪《めい》である。

「どうしたの。お母さんやお父さんは」

あやねは明るく活発で、笑顔の可愛らしい女の子だった。それなのに今は緊張した様子で、さつきの問いかけにもただ口を噤《つぐ》んでいる。

大げさなくらいに安堵《あんど》したのは、彼女を囲んでいた大人達のほうだった。

「やっぱり村岡さんで合っていたんだね」

「失礼だけど、どういうご関係？」

「ご迷惑をおかけしました。姪です」

あやねがどこにいたのかと尋ねると、彼らは校門のほうを指差した。

「正門から一人で入ろうとしているのを、警備員さんが気付いてくれたんです」

「こっちに連れて来たのは良いが、だんまりなもんだから困っていたんです。これを持っていたから、村岡さんを訪ねて来たんじゃないかって分かったんですが」

そう言って渡されたのは、さつきが以前、プレゼントと共に送った誕生日カードだった。ここに書かれた差出人の名前を大学のデータベースで検索したところ、隣の棟で受講中だと分かったので、わざわざ呼びに来てくれたということだった。

それにしても、どうしてあやねが一人でこんな所にいるのか。

兄一家の自宅は、地下鉄やバスを使うよりも歩いて行くほうが早いほどここから近い。しかしそれは、未就学児が一人で歩いて来たというには、あまりに遠い距離でもあった。

「お母さんとはぐれちゃったの？　一人で来たわけじゃないよね」

あやねは俯《うつむ》いたまま、小さく首を横に振る。

「まさか、本当に一人で来たの」

驚きのあまり声を大きくすると、あやねはびくりと震え、ますます小さくなってしまった。

あやねの母、さつきにとって義姉にあたる鞠香《まりか》は、兄には勿体《もったい》ないほどよく出来た人である。

さつきが姪っ子にプレゼントを贈った時は必ず本人に電話で礼を言わせていたし、滅多に会うことのない叔母を「さつきおねえちゃん」と呼ばせ、なつくように仕向けていた節もある。本当にあやねが一人でさつきを訪ねて来たのだとすれば、それは鞠香がこの大学の前を通るたびにさつきの話題を出していたからだろう。

間違っても、幼い娘を一人で放置するような母親ではなかったはずだ。

「――ママと」

何があったのだろうと考えていると、ぽつりとあやねが呟いた。

「え、何」

小さな声を聞き漏らすまいとしゃがみ込む。

「ママとね、パパが、けんかしたの」

周囲の大人達が、一斉に息を吞《の》む気配がした。

「喧嘩《けんか》して？　それで、おねえちゃんに喧嘩を止めて欲しくて、ここまで来たの」

勢い込んで尋ねたさつきに、あやねは小さな手を、膝の上でぎゅっと握り締める。

「パパ、もう、あやねも、ママのことも嫌いになっちゃったみたい」

それでママ、ずっと泣いてる。

＊　＊　＊

鞠香は、連絡をして十分もしないうちに事務所へ飛び込んで来た。髪を振り乱し、職員に向かって平謝りをする姿は、見ているほうが気まずくなるほど必死であった。

事務所を辞し、校門へ向かう鞠香とあやねに、自然とさつきも同行する形となる。

外に出ると、すでに日はほとんど暮れており、スロープの脇に植えられたメタセコイアの天辺《てっぺん》だけが、残照で赤く染まっていた。授業前後には人でいっぱいになるスロープだが、中途半端な時間のためか閑散としている。

薄暗い中、横目で鞠香を窺《うかが》うと、あやねの手を引いて歩く彼女の目元には、隈《くま》が浮かんでいた。

鞠香は、あやねが生まれてしばらくは休職していたが、最近では再び働きだしたと聞いている。もともと、海外のファッションブランドの販売員だったのだ。

穏やかな内面がそのまま形になったようなはんなりとした美人であるが、それに加えて、自分に似合うもの、似合わないものを心得ている女性であり、あの品の良さには、憧れるものがあった。

それが今や、顔色を失い、髪もぼさぼさで、うっすらと皺《しわ》のよったブラウスを着ている。

「今日は、迷惑をかけてしまって本当にごめんなさい」

急に独りごちるかのように謝られ、さつきは一瞬反応が遅れた。

「そんな。迷惑なんてかかってないですよ。あやねちゃんが無事で、何よりでした」

ぎこちなく答えると、鞠香の目に涙が盛り上がる。

「本当に、運が良かった。事故にも、事件にも巻き込まれず。今日は休みで家にいたんだけど、私ったら、うたたねしてしまったんです」

「お疲れになっていたんでしょう」

「さつきちゃんがすぐに連絡をくれて、本当に助かりました。この子に何かあったら、私、生きていけません」

鞠香は堪《こら》え切れなくなったように洟《はな》をすすり、あやねとつないだ手に力を込めた。

「ごめんなさい……」

消え入りそうな声であやねが謝ると、「何もなかったから、もういいよ」と鞠香は優しく返した。

「でも、おうちに帰ったら、きちんとお話ししようね」

「うん」

しかし、素直に頷《うなず》くあやねの視線は、じっとさつきへと注がれていた。

可愛い姪っ子の言いたいことは、よく分かる。最寄りの地下鉄の駅まで、あといくらもないのだ。このまま別れたら、あやねの今日の大冒険は無意味なものになってしまう。

「最近、お仕事はうまくいっているんですか」

「ええ、おかげさまで」

最近では部署が変わり、オンラインショップの担当となったので、少し負担が減ったのだと鞠香は語る。

「そうなんですか。前よりちょっと痩せたみたいなので、お仕事が大変なのかなって思ったんですが」

「そう見える?」

「はい。兄は、ちゃんと家のことをやっているんですか」

兄の話題になった途端、鞠香の顔が強張った。

「ええ、それは勿論……」

歯切れの悪い返答に、あやねの前では話しにくいのだと察した。

「お義姉《ねえ》さん、LINEのアカウントを教えて下さい」

肩に掛けていたバッグから自分のスマホを取り出しながら言うと、鞠香はきょとんと目を丸くした。

「LINE?」

「ひょっとして、アカウント持っていませんか」

「いえ、そんなことはないけれど」

「電話より気楽でしょう。夫婦喧嘩は犬も食わないって言うけど、愚痴くらいいつでも付き合いますよ」


駅前に着いたところで、さつきと鞠香はIDを交換した。

「ありがとうございます。じゃあ、あとで連絡しますので」

パチンと音を立ててケースを閉じ、ポケットにスマホを差し込む。

「今日は本当にありがとう。気をつけて帰ってね」

「お義姉さんも。それじゃあ、またね、あやねちゃん」

地下鉄の階段を下りながら振り返ると、会釈をする母親の隣で、あやねは棒立ちとなっていた。

こちらを見下ろす小柄な少女の顔は、蛍光灯に照らされ、いたく人形じみて見えた。


この時間帯の地下鉄はいつも混雑している。

人に押されながら、さつきはガラスに映り込んだ自分を見つめ返した。

兄の大樹《だいき》とさつきは、一回りも年が離れている。

さつきが小学校に入る頃、大学入学を機に一人暮らしを始めてしまい、以来、一緒に暮らすことなく今に至る。

母親が亡くなった理由が理由だったこともあり、大樹はほとんど実家に帰って来なかったので、相対しても何を話したら良いか分からないというのが正直なところである。特別仲が悪いというわけでもないのだが、自分が間に入って夫婦喧嘩が円満に解決するとはとても思えず、どうしたものかと悩ましい。

乗り継ぎを含め、三十分ほどで自宅の最寄り駅に到着する。

有名な神社があるこの町は、初夏になると境内のつつじを目当てにした観光客が数多く訪れる。商業地としての歴史もあり、日中は活気があるが、日が暮れてしまうと大通りを除けば驚くほど静かになる。

駅前の商店街で色々と買い物を済ませてからマンションへ向かうと、さつきの住む六階の一角は、すでに明かりが点《つ》いていた。

「ただいま」

玄関で声を上げれば、「お帰り」と返事があり、父がリビングから姿を現した。

「風呂と米、やっておいたぞ」

「ありがとう。今日は早かったんだね」

父は寡黙な人である。

その厳しい面差しから、「職人さんみたい」と友人に言われたことがあるが、父は至って普通の会社員だ。二年前、同居していた祖母が心不全で亡くなるまでは全く家事をしなかったが、さつきとの二人暮らしとなってからは、随分と協力してくれるようになった。

　今も、四つ切りにしたキャベツを渡せば、何も言わずともテーブルについて、スライサーで千切りを作り始めた。

　しゃりしゃりという軽い音を背後に聞きながら、さつきは味噌《みそ》汁作りに取り掛かる。

「今日、あやねちゃんと会ったよ」

「どこで」

　冷蔵庫から長ネギを取り出して言うと、キャベツをスライスする音が止んだ。

「大学に、私を訪ねて来たの。しかも一人で」

「一人で?」

「そう」

　大学の人がすぐ見つけてくれたけど、びっくりしたよと言って振り返ると、父はキャベツとスライサーを手に持ったまま、険しい顔をしていた。

「大樹や、鞠香さんは何をしていた」

「お兄ちゃんは知らないけど、お義姉さんが迎えに来てくれたよ。家でうたたねしちゃったんだって」

兄は、比較的名の知れた化粧品会社のＷＥＢデザイナーとして働いている。具体的に何をしているのかはさっぱりだったが、残業も少なくないようであった。

「問題は、あやねちゃんがそんなことした理由のほうだよ。お兄ちゃんとお義姉さん、何かあったみたい」

「何かってのは、何だ」

「多分、喧嘩したんじゃないかな。しかも、あやねちゃんの目の前で」

仲の良い夫婦でも喧嘩はするだろうが、さすがに、幼いあやねがわざわざ助けを求めてやって来るというのは尋常ではない。

「一回、お義姉さんに話を聞いてみようと思うんだけど。お父さんも、お兄ちゃんに聞いてみてくれない？」

「そうだな。そうしてみよう」

そこでさつきは、おや、と思った。父の性格上、夫婦喧嘩に首を突っ込むなと言われるのではないかと予想していたのだ。

意外だと思ったのが表情に出たのか、父はどこかきまり悪そうに続けた。

「行き違いがあったのだとしても、大樹は間違いなく、家族を大事にしている。鞠香さんには、どうかそれだけは勘違いしないようにと言っておいてくれ」

うんと返事をしかけ、妙に確信を持った父の言い方に違和感を覚えた。

「何か、思い当たる節でもあるの」

「あると言えば、ある。だが、今、お前に言えることはない」

そして、むっつりと黙り込んでしまった。

こうなった父は頑固で、何を言っても無駄であると承知している。意味なく意地を張るような人ではないので、本当に、何か理由があるのだろう。

向き直ったコンロでは、煮え立った鍋が、すでにもうもうと白い湯気を上げていた。

食後、風呂に入ってから自室に戻ると、時刻はもうすぐ十時になろうとしていた。

ベッドに腰掛けてＬＩＮＥを立ち上げ、文字を打っては消し、打っては消しを繰り返し、三回は見直した文章を送信する。

『今日はお疲れ様でした。私に出来ることがあるなら、何でも言って下さいね』

続いて送ったスタンプは、おどけたリスが手を振っているものだ。

少し他人行儀な言い方だっただろうかとしばらくはメッセージを読み直していたが、そのうち、すでに送ってしまった文面に悩むのが馬鹿らしくなる。

鞠香の反応を待つことに決めて、スマホを投げ出し、ベッドの上で大の字となった。

さつきは、あまり社交的なほうではない。メール一つ、メッセージ一つ送るのにもやたらと気を遣って疲れてしまう。高校の友人達とは気の置けない関係を築けていたが、彼女達と最後に連絡をとったのも一体いつになるだろう。

大学に入学して、新入生歓迎会のノリには全くついていけずにどのサークルにも所属しなかったさつきには、今現在、特に親しい友人もいなかった。サークルで青春を謳歌《おうか》するでもなく、当然彼氏なども出来るはずもないまま、静かで真面目なキャンパスライフを送っている。講義で一緒になった者からは「もったいない」と言われたこともあるが、今の生活にはさつきなりに満足していた。

週三日だけ書店のバイトを入れ、その小遣いで好きな本を買い、休日は学割を使って一人で美術館に行ったり、映画を見たりする。

そのうち、嫌でも真っ黒いリクルートスーツを着て就職活動に奔走し、人見知りを押し殺して働かなくてはならない日がやって来るのだ。

今だけは、自分の好きなようにのんびり過ごしたってばちは当たらないだろうと思っていた。

ピリリリリ。ピリリリリ。

デフォルト設定の電子音が鳴り響き、さつきはびくりと飛び起きた。

いつの間にか、うとうとしていたらしい。

目覚まし代わりとなったスマホを持ち上げれば、ディスプレイには『村岡鞠香』の文字が浮き上がっていた。

「はい、さつきです」

急いで起き上がって通話に切り替えるも、口から出たのは、寝起きそのもののかすれ声だった。聞き取りにくかっただろうかと思い、もう一度名乗り直したが、向こうは相変わらず無言である。

「もしもし。もしもし、お義姉さん」

「さつきちゃん」

やっと返って来た弱々しい声に、何かあったのだと悟った。

「どうしました」

「大樹さんが、出て行っちゃった」

嗚咽《おえつ》に、唖然《あぜん》とする。

「何があったんですか」

鞠香は説明しようとしているが、声になっていない。

うろたえながら、父に助けを求めて部屋を出ると、ちょうど父も廊下に飛び出して来たところであった。

その手には、さつきと同じくスマホが握られている。

「お父さん。今、鞠香さんが」

「分かっている。すぐ、大樹がここに来る」

「今から？」

思わず見上げた壁の掛け時計の針は、すでに十一時を指している。

「お兄ちゃんから連絡があったの？」

「ああ。ひとまず、鞠香さんには大丈夫だと伝えてくれ。タクシーでこちらに向かっているから、心配するなと。お前はここで待っていなさい」

寝間着の上にジャンパーを羽織った格好で出て行った父を見送り、さつきは通話に戻った。

「もしもし、お義姉さん？　兄から、父に連絡があったみたいです。ひとまずうちに来るみたいなので、心配しないで下さい」

電話越しに、深く息を吸い込む気配がした。

「そう……」

鞠香の声のトーンが落ち着き、さつきも少し冷静になる。

「あやねちゃんは、今、どうしてます？」

「もう寝ているから、大丈夫」

「兄と喧嘩でもしたんですか」

「単なる喧嘩なら良かったんだけど。それが、大樹さんの様子がおかしくて」

「様子がおかしい」

ためらいがちに告げられた鞠香の言葉を、さつきは鸚鵡《おうむ》返しする。

「本当に、そちらで何があったんですか」

＊　　＊　　＊

ここ最近、夫の帰りが遅い。

最初に鞠香が不審を抱いたのは、三カ月ほど前のことであったという。

あやねの保育園へのお迎えは、早く帰宅出来そうなほうが引き受ける約束になっていた。家族三人で外食して帰ることもあったし、スーパーで食材を買って、一緒に夕飯の支度をすることもあった。

しかし、近頃はあやねを迎えに行くのも夕飯の支度をするのも、もっぱら鞠香の役目になっていて、負担が偏っているように感じたのだ。

鞠香とて、大樹は職業柄、時期によっては残業もままあると承知している。だが、恒常的に帰宅する時間が遅くなっていることを考えると、さすがに不自然だと思い始めた。

おかしいと思って観察すると、あやしい点はいくらでも目についた。

どことなく挙動不審で、話していても視線が泳ぐ。

普通に接しようとしているように見えるが、夫に避けられているのだと気付くまで、そう時間はかからなかった。

試しに会社へ連絡すると、とっくに今日は退社したという。帰宅の時間を遅くしているのが仕事ではないとするなら、一体何だというのか。浮気を疑ってはみたものの、女の影は見つからなかった。

隠し事をしているのは確かなのに、それが何かは分からない。

一度、会社を早退し、探偵のように夫のあとを尾《つ》けてみたが、通勤ラッシュに紛れてすぐに姿を見失ってしまった。

不信感は隠し切れず、自然と小競り合いのような諍《いさか》いが多くなっていった。

そうしているうちにも、大樹の帰りはますます遅くなっていく。

大樹自身、それが仕事によるものではないと気付かれても構わないとでもいうような、どこか捨て鉢な態度をとることが増えていった。

夫が徐々にやつれ、疲れ果てている姿を見せるに従い、鞠香は、浮気とは違う可能性に思い至らざるを得なくなった。

その日、ふらふらとした足取りで帰宅した大樹は、風呂場に直行した。

ここ最近、大樹は鞠香とあやねと一緒の寝室ではなく、リビングのソファーで眠っていた。鞠香は先に就寝したように見せかけ、大樹が風呂に入っている隙に、そっと寝室を出た。そして、夫が肌身離さず持ち歩くようになった仕事鞄《かばん》を脱衣所から持ち出し、リビングでひっくり返したのだった。

中から出て来たのは、処方箋と共に白い袋に入れられた、大量の薬であった。

「何やってんだ！」

髪から水を滴らせながら飛び込んで来た夫が、大声で怒鳴った。

「勝手に人の鞄を漁るなよ」

動揺もあらわに鞄をひったくり、散らばった白い袋を元に戻そうとするが、もう遅い。

「何なの、この薬」

「何でもない」

「何でもないわけないでしょう。どこか悪いなら、どうして教えてくれなかったの」

「違う、そんなんじゃないんだ！」

悲鳴のような声を上げると、大樹はそのまま外へと飛び出して行ってしまった。

＊　＊　＊

それが、ほんのついさっきのことなのだと言う。

「私が馬鹿だったの」

電話口で鞠香は泣いている。

「大きな病気なのだったら、あんなふうに興奮させちゃいけなかったのに。何で、もっと落ち着いて話せなかったんだろう」

すぐにあとを追ったが、大樹がどちらに行ったのか分からなくなってしまったらしい。家にあやねがいることもあり、それ以上は追うことが出来なかったのだ。

「そっちに向かっている最中に、具合が悪くなっていたらどうしよう」

段々と声が大きくなっていく鞠香に、さつきのほうが慌ててしまう。

「お義姉さん、落ち着いて。きっと大丈夫だから」

ちらりと、横目で壁の掛け時計を確認する。大樹の家からここまで、車で三十分はかかるが、だとすれば、もうそろそろ到着してもいい頃である。

「こっちに兄が着いたら、必ず連絡します。大丈夫ですから、落ち着いて待っていて下さい。ね？」

鞠香に念を押して通話を切り、サンダルを突っかけて玄関を出る。

外廊下のアルミ製の手摺《てす》りから通りを見下ろせば、父が前の通りをじっと見据えて立っているのが見えた。

そうしていくらもしないうちに、道路の向こうからタクシーが現れた。

タクシーは、待ち構えていた父のすぐ脇に停車した。よろめきながら降りて来たのは、部屋着姿の大樹に違いない。

父がタクシーの運転手に何事かを告げ、支払いをしている。

さつきがエレベーターホールに向かうと、薄暗い中を、三角形のランプが点灯するのが分かった。それほど新しくもないエレベーターは、かすかに人間の関節が軋《きし》むような音を立てて稼働している。二階、三階、と順番に光る数字を祈るような心持ちで見守り、やがて、「6」が点灯した。

木琴を叩《たた》くような音と共に、塗料のはげかけた銀色の扉が開く。

扉の向こうに立っていた痩せた男は、びくりと体を震わせてから、こちらを見て脱力した。

「さつきか」

その声には、まるで生気が宿っていなかった。

父に支えられるようにしてエレベーターを降りた大樹は、一年前に会った時とは、別人のように様変わりしていた。

もともと、趣味はアウトドアだと公言している人だ。デスクワークの割に体格は悪くはなく中肉中背の域を出ない程度とはいえ、至って健康的な三十代という印象だったのだ。

しかし今の大樹は、とても普通とは言えなかった。

まるで、骸骨に皮を貼り付けたかのように頬がこけ、首の骨が浮き出てしまっている。肌は土気色で、髪には白髪が交じり、唇は乾き切ってひび割れていた。

何よりも異様なのは、その目だった。

落ち窪んだ眼窩《がんか》、墨でも塗りたくったかのように黒い隈に縁取られた目は、ギラギラと異様に光っている。

前回会った時、鞠香やあやねに向ける大樹のまなざしは、まさに良い夫、良い父といったものだった。さつきが好ましく思っていた大樹の一部分だったのに、この変わりようはどうしたことだ。

だが、それを見た瞬間にさつきの胸に去来したのは、大樹を心配する気持ちよりも、純粋な衝撃だった。

今の大樹の風貌は、さつきがかつて見たものと、非常によく似ていたのだ。

「お兄ちゃん。あの時のお母さんと、おんなじ顔してる……」

さつきの言葉に、父が呻《うめ》く。

大樹は顔を歪《ゆが》ませると、その場に力なくくずおれたのだった。

昭和四十年　1

一面に広がる稲穂の頭をくすぐり、雨上がりの澄んだ風が田んぼを駈け抜けて行く。未だうっすらと緑を帯びた稲からは、秋そのものの香りがしていた。

山田《やまだ》省吾《しょうご》の家は、農業を営んでいる。

見渡す限りの田んぼのいくらかは、この一年、家族揃って面倒を見てきたものだ。

今年の夏は短く、ハモグリバエが大発生してしまったのだが、穂に触れれば確かに実の入った感触がある。例年よりは遅れているが、この調子ならば、あと一週間もすれば刈り入れ時といったところだろう。

傾いた太陽の光に照らされ、飛び交うとんぼの透明な羽がきらめいている。

湿った気配の濃い畦《あぜ》には、すんなりと伸びた茎の先に真っ赤な花が咲き誇っていた。女の睫《まつげ》毛のような彼岸花がみっしりと群生している光景は、どこかこの世のものとは思えない。

田んぼを抜け、ゆっくりと農道を歩めば、防風林に囲まれた我が家の瓦が西日を反射して光っていた。山羊《やぎ》だのニワトリだのがたむろしている小屋の隣で、昨年建て替えたばかりの家屋は、いかにも真新しく鎮座ましましていた。

勝手口から入った台所では、母と祖母が夕飯の支度をしているところであった。

「ただいま」

「お帰りなさい」

まな板から顔を上げてにこやかに言ったのは母である。そのうしろでは、黄緑色の天板のテーブルに向かい、祖母が背中を丸めて牛蒡《ごぼう》をささがきにしていた。

「田んぼの塩梅《あんばい》はどうだった？　彼岸花が綺麗だったでしょう」

「いやあ、米はちょいとばかし遅れているようです」

叶《かな》うことなら、この一週間は日光が欲しいものであるが、天気予報ではそれも心もとない。

晴れると良いのだけれど、とひとしきり言い合っていると、背後から聞こえよがしな嘆声が上がった。

「全く。太陽が出るか出ないかでいちいち気を揉まなきゃならないなんて、本当に世も末だね」

祖母の呟きに、母と省吾は顔を見合わせる。

山田の家は、もとは結構な地主であった。

戦後の農地改革で財産をほぼ失い、今は駆け出しの農家として生計を立てているが、かつては地元の議員だったという亡き祖父のもとに嫁入りした祖母は、しょっちゅう「このあたりの土地は全部うちのものだったのに」と恨みがましく言っていた。

「どうにもならないことを何度もそうおっしゃらないで下さい」

呆れ半分で流す母も、今でこそ気の良いおばさんといったふうであるが、省吾が初めて会った頃は、良いところの奥様然としていたものだった。

山田の両親と省吾との間には、血の繋《つな》がりがない。

もともと、子沢山だった実の両親が、次兄の清孝《きよたか》を養子に出した先が山田の家であった。その後、省吾の生家は一家揃って満州開拓のために海を渡ったが、再び内地の土を踏めたのは、省吾一人きりであった。

他に身寄りがなかった省吾を憐れみ、二人目の養子として迎え入れてくれたのが、山田の父母なのである。

終戦から二十年が経ち、山田の家はすっかり没落してしまったが、戦後の苦しい状況下でも養父母は実の息子のように省吾に接してくれた。夫婦共に、かつては子どもが生まれずに随分と苦しい思いをしたようだが、次兄と省吾の前ではそういった気配はちらとも見せたことがなかった。

「お父さんは」

「もうお風呂から上がって、居間でテレビを見ていますよ」

ならば、自分もひと風呂浴びようかと台所を出ようとした、ちょうどその時であった。けたたましい電話のベルが鳴り響いた。

「あら」

「いい、いい。俺が出るよ」

母を留め、玉すだれをじゃらりとのけて廊下に出たところで、柱を震わすような音量のベルが止んだ。

「もしもし。山田ですが」

代わりに応答する父の声が聞こえ、では自分は風呂場に行くかと踵《きびす》を返しかけた。

「えっ！」

普段の父らしからぬ大声に足が止まる。

「それは本当ですか」

はい、はい、と相槌《あいづち》を打つ声が、異常なまでに緊張を帯びていく。足早に玄関に向かうと、父は下着姿で黒電話にかじりついていた。

チリン、と軽い音を立てて、受話器が置かれた。

「何かあったのですか」

省吾が父に問いかけるが、彼は答えない。下唇を嚙《か》んで振り返ったその顔は、紙のように真っ白だった。

「清孝が、死んだって」

異変に気付いてやって来た母が、悲鳴のような声を一つ上げ、へなへなと腰を抜かして座り込んだ。

＊　＊　＊

──省吾にとって、たった一人の兄の死の一報は、あまりにあっけないものであった。

清孝は省吾にとって、この世で唯一、血の繋がった家族である。

清孝は次男、省吾は三男であったが、長男は、省吾が物心つく前に風邪をこじらせて死んでしまったので、省吾の実感として兄は清孝のみだったと言える。

まだ幼い時分、清孝はその賢さを気に入られ、山田の家に養子として引き取られた。

山田家のほうがはるかに裕福であり、結局、清孝は大学まで行くことになった。

それを聞いた実父が「良かった、良かった」と、嚙みしめるように繰り返していた姿を覚えている。清孝と実の両親の関係はそう悪いものではなく、彼はしばしば実家に来ては、省吾らを可愛がってくれた。

清孝は、身内の欲目を差し引いても、頭が良くてハンサムで、性格だって申し分なかった。省吾の憧れだったのだ。

しかし、省吾が家族と共に満州へ行くことになり、清孝とは会えなくなってしまった。

当時、満州の開拓は国家事業であり、開拓団への参加が、天皇陛下、ひいては大日本帝国のためになると盛んに喧伝《けんでん》されていた。満州こそが「王道楽土」であり、地上の楽園が広がっているという触れ込みで、開拓団への参加が推奨されていたのだ。

今となっては、実の両親が何を考えて満州行きを決めたのかは分からない。国の唱えるお題目を信じたのか、貧乏だったから、そうすれば今より良い暮らしが出来るとでも思ったのか。

結果として、父母と三人の姉は還らぬ人となってしまった。

省吾だけは何とか生きて帰国することが叶ったが、地元に戻っても身内はおらず、すでに家も田畑も売却されてしまったあとであった。かろうじて顔見知りだった近所の家をたらい回しにされ、厄介者扱いされるばかりであったのだ。

そんな省吾を見かねて、養子として迎え入れてくれたのが山田の家であった。

この頃、地主だった山田家にはまだ余裕があり、しかも、清孝が戦地で死んだとする報《しら》せが届いていた。

清孝のもとに召集令状が届いたのは、省吾が、父母と共に満州へ渡ってすぐの頃である。清孝自身、大学へ入学していくらもしないうちのことであり、いわゆる、学徒出陣となったのだ。大学生の身でありながら出征させられた清孝は、奇しくも、省吾達が住んでいた満州へやって来ていた。

第二次世界大戦末期の戦場の様相は想像するに余りあり、戦後の混乱の最中、山田清孝二等兵戦死の一報が届いたのだった。養父母の嘆きは尋常ではなく、結果として、清孝の実の弟である省吾を引き取ることになった。

しかし、清孝は生きていた。

ソ連軍の捕虜となってシベリアに連れて行かれ、以後、三年間も抑留されていたのである。

従軍中のことも抑留中のことも、清孝は決して自分から話そうとしなかったが、復員したのちの彼は見る影もなく痩せ細り、すっかり体を壊していた。

長く病床に臥《ふ》していた清孝は、それでも心だけは病むことはなかった。いつでも前向きで明るく、弱音は一切吐かなかった。

結果として、見事に全快し、五年ぶりに復学まで果たした。優秀な成績で大学を卒業したあとは、田畑を省吾に任せる形で東京で就職し、結婚し、子どもにも恵まれたのだ。戦争で辛い思いをした分、これからは幸せになるだけの人生が待っているものと、省吾は信じて疑っていなかった。

だが、その清孝が東京で死んだという。

一報ののち、省吾は父と共に取るものも取りあえず東京に向かったが、その道行きはろくに覚えていない。

濁った水の中にいるような、悪夢の中にいるような感覚でバスと電車を乗り継ぎ、ようやく兄一家の住む社宅にたどり着いた省吾は、そこで信じられない言葉を耳にしたのだった。

「橋から、落ちた?」

「正しくは、石造りの立体交差橋からです」

言いにくそうに視線をそらしたのは、職場から駆けつけたという清孝の上司であった。

「また、どうしてそんな所から？」

納得がいかない父が詰め寄ると、彼は口ごもった。

まるで聞かれるのを憚《はばか》るようにちらりと奥の部屋へと視線を送る。そこでは、あまりのことにめまいを起こした義姉の京子《きようこ》が横になっていた。

奥には聞こえないように声をひそめ、彼はこう続けた。

「彼は、欄干を乗り越えて、下の道路に落ちたのだと聞いとります」

詳しくはまだ分かりゃしませんが、頭から落ちたので、おそらくは即死だったろうということです、と。

「ご遺体はまだ警察なのですが、今のうちに葬儀の手配をと」

「ちょっと待って下さい」

言葉の意味が理解出来ず、省吾は小さく喘《あえ》いだ。

「今、欄干を乗り越えてとおっしゃいましたか」

それは、自分からということですかと父が続けて尋ねると、彼は苦いものを口いっぱいに含んだような顔で、しかしはっきりと頷いたのだった。

「残念ですが」

「清兄《きよにい》が自殺なんて、あり得ないでしょう」

思わず、声が大きくなる。

銃弾と迫撃砲の飛び交う戦場を生き残り、仲間の凍死した遺体に囲まれても希望を失わず、しぶとく内地に戻って来た兄だ。

自分から命を絶つなんて、どうにも考えられないと思った。

「本当に、兄が自分から飛び降りたのですか。何かの間違いではないのですか」

何度も確認する省吾を憐れむように見て、清孝の上司は無言で頭を横に振る。

警察の話によれば、清孝が自らの意思で高架橋から飛び降りたのは、間違いようのない事実であるという。何でも、その現場を目撃しただけでなく、清孝を止めようとした人までいるのだとか。

「でも、間に合わなかったと」

そんな、という声は出なかった。

「非常に残念です」

心からお悔やみ申し上げますと告げられ、京子が倒れた気持ちが、嫌というほど分かってしまった。

葬儀は、東京の寺で行われた。

むせ返るような焼香の煙の中、つんと清《すが》しい菊の香りがしている。

永遠に続くかのような、黒と白、黒と白。

長い鯨幕に囲まれた部屋の中、みずみずしい菊花に囲まれた祭壇で、快活に笑う清孝の遺影だけが華やかに浮かび上がっていた。

何が起こっているのか分かっているのかいないのか、きょとんとする五歳の娘を隣に座らせ、京子は次々にやって来る弔問客に向かってぎこちなく頭を下げ続けている。

無感動に響く念仏を聞きながら、畳をざりざりと進んで手を合わせる客達を、省吾はぼんやりと見送っていた。

喪主を務めるのは京子だが、未だ心ここにあらずといったふうで、実際に采配を振っているのは山田の父母である。

遺体の搬送や、火葬の手配などで考える暇もなかったが、こうして葬儀が始まり、僧侶の読経を聞くともなしに聞いていると、「何故」「どうして」という疑問が、夏の黒雲のように次々と湧き上がってきた。

警察は、状況的に自殺以外に考えられないと早々に結論を出した。だが、清孝が死のうと思った理由は、何一つとして分からなかった。遺書もなく、上司も同僚も思い当たる節はないと口を揃え、京子に至っては報せを聞いて以後、ずっと茫然自失の体である。

これで、納得など出来るわけがないのだ。

省吾は精進落としの席で、清孝の仕事仲間と思しき参列者に声を掛けて回った。清孝は、会社から帰る道すがらに飛び降りた。問題があったとすれば職場だと考えるべきだ。清孝と最後に会った時の様子を聞きたいと頼み込むと、同僚達は快く、その日のことを教えてくれた。

「あの日は、それまでかかりきりだった仕事が一段落したので、皆で呑みに行こうと言っていたんです。でも山田君は、奥さんが待っているからと、一人だけすぐに帰ってしまいました」

「最近はいつもそうでしたから、我々もそれ以上は誘わなかったんです」

清孝と比較的親しくしていたという同僚二人も、異変は感じなかったと言う。

「些細《ささい》なことでも構わんのです。何か、普段と異なったことはありませんでしたか。ここ最近、屈託ごとがあるようなそぶりを見せていたとか」

重ねて尋ねてみるも、そんな気配はなかったと即答されてしまう。

「お兄さんは本当に優秀で、職場の皆から好かれていましたよ」

営業部の出世頭ではあったが、人当たりもよく、人気者だったと断言する。

「そういった手合いは、普通、やっかまれたりするものなのだがね。山田君はむしろ、ギクシャクした人達を仲裁するのがうまかった」

大した男だったよ、そうだったなあ、と彼らは感慨深げに言い合う。

どうして清孝は死ななければならなかったのか、ますます分からなくなっていく。

「兄は、本当に自殺だったのでしょうか……」

省吾の呟きを聞いた同僚達は静かに息を呑んだが、あたりをはばかるようにそっと頷きを返した。

「正直に申し上げれば、自殺というのは、どうにも釈然とせんのです。事故だと言われたほうが、まだはるかに説得力がある」

あるいは、と言いかけて口を噤んだ同僚の言葉の先を、省吾は敏感に感じ取った。

あるいはまだ、誰かに殺された、とでも言われたほうが。

気を落ち着けようと、省吾は屋外に出た。

精進落としが行われているのは、寺からほど近い日本料理店だ。店のぐるりに塀をめぐらせており、その内部には、よく手入れされた前栽がある。

沓脱石《くつぬぎいし》の上に置かれた下駄を突っかけ、小さな池にかけられた橋まで歩く。そこで煙草《たばこ》に火を点け、深く吸い込みながら水面を見つめた。

どう考えても清孝の死は不可解だった。

自死などするはずがない。だが、現に清孝は自分から身を投げた。それが間違いではないなら、一体、何のためにそんなことをしなければならなかったのか。そこまで、清孝を追い詰めたものは何なのだ。

深く紫煙を吐き出し、それが霞んで消えていくのを何気なく目で追った省吾は、塀に寄りかかり、俯いている少女がいることに気が付いた。

綺麗に切り揃えられたおかっぱ頭はこけしのようだ。その手足は作り物のように細く、ふくふくとした頰は桃色をしているが、いつも楽しそうに輝いている大きな目は、今は地面へと向けられている。

清孝の娘であり、省吾の姪っ子に当たる仁美《ひとみ》である。

ついさっきまで、京子の母が面倒を見ていたように思うのだが、一人で抜け出して来てしまったようだ。

「ひいちゃん、どうした」

「省吾おじちゃん」

努めて優しく声をかけると、仁美は今にも泣きそうな顔を上げ、省吾のもとにほてほてと足音を立てて駆け寄って来た。

「あのね、おじさん達がね、お父さんが死んじゃったのは、お母さんのせいだって言うの」

ぎょっとして、手から煙草の灰がこぼれ落ちた。

仁美の言葉は止まらない。

「お母さんが『ふがいない』からなんだって。それで、おばあちゃんが怒っちゃって」

ふがいないってどういう意味、と囁《ささや》くように尋ねてきた仁美に、「誰がそんなことを」と思わず声が大きくなる。

省吾が清孝の同僚達に話を聞いているうちに、別の場所でどうやら一悶着《もんちゃく》あったらしい。

おそらく、それを言ったのは山田の係累の者達だ。酒が入るとやけに下世話になるので、もとより付き合いを控えたいと考えていた手合いではあったが、まさかそんなことまで言うとは思わなかった。

省吾は煙草の火をもみ消し、かがんで仁美と視線を合わせた。

「京子さんがふがいないことなんてあるものか。そんな人達の言うことを、君が気にする必要なんてこれっぽっちもないんだ」

いいね、と強く言って聞かせると、彼女は黒々とした瞳を潤ませ、「うん」と小さく頷いた。そしておずおずと、もみじのような小さな手で省吾の喪服の袖を握り締めたのだった。

そのけなげな仕草一つが、自分でも驚くほどに省吾の胸を打った。

改めて、この子を置いて兄が自殺しようと思うわけがないという、確信に近いものを得た。

やはり、清孝の死をこのまま受け入れるなど出来ない。それが何であれ、清孝を死に追いやったものを見つけ出さねばならなかった。

自分のためだけではなく、この、可愛くて可哀想な少女のためにも。

平成三十年　2

「来ないで！」

絶叫と共に、こちらに向かって飛んで来たマグカップ。

鬼の形相で投げつけられたそれこそが、さつきの幸せだった毎日を、一瞬にしてぶち壊しにした。


あれは、さつきが五歳になったばかりの頃のことだ。

兄の大樹とは一回りも年が離れていることもあり、さつきは村岡家のお姫さまだった。

父からも大樹からも随分と甘やかされた記憶があるが、それでも、さつきが一番大好きだったのは、疑いようもなく母であった。

母は、いつだって優しかった。

何か悪さをした時でさえ、声を荒らげることなく、懇々と諭し、言い聞かせてくれた。

父も感情的に怒る人ではないが、そんな父以上に、穏やかな人だったのだ。

常にニコニコしていて、「さっちゃんは私の宝物だよ」「大好きだよ」と、口に出して甘やかしてくれた。

母はさつきを愛してくれていて、そんな母を、さつきも心から愛していたのだ。

その日は、大樹と一緒に公園で遊んだ帰りだった。いつものように、ただいま、お帰りなさいと、歌うように言葉を交わした次の瞬間、母は悲鳴を上げ、手元にあったマグカップを投げつけて来たのだった。

幸い中身は空で、カップ自体はさつきにぶつかることなく、背後の壁に当たって跳ね返っただけであった。だが、そんなことよりも、さつきは母の怯《おび》えたような、引きつった顔を自分に向けられたことのほうが、よほどショックだった。

「ごめんね、ごめんねさつき。お母さん、何か見間違えちゃったみたい」

我に返った母は大いに慌て、さつきを抱きしめて謝ってくれたが、あの一瞬の表情は、その後もずっと目に焼きついていた。

しかも、母の〝見間違え〟は、それで終わりとはならなかったのだ。

むしろその一件を皮切りに、母はおかしくなっていった。

まず、「来ないで」「見ないで」と、急に金切り声を上げることが増えた。他の者には見えない何かが見えているようで、怯えた様子を見せるようになった。風呂に入っている最中、突然裸で家の外に飛び出そうとして、仰天した父に羽交い絞めにされたこともある。

最初、母はまだ正気に戻ることがあり、「ごめんね」「気のせいだね」と繰り返していた。だが、おかしなものを目にすることが増えるにつれ、次第に自分の見ている何かは見間違えなどではなく、実際に存在していると思い込むようになってしまった。

母の見ているものを否定するとヒステリックになり、奇行を止めようとした者に対し、明確な敵意を向けるようになっていった。何もない空間を見つめるうち、頬がこけ、目だけが爛々《らんらん》と光るようになり、どう見ても異常だった。

今になって思うが、母はおそらく、心の病気にかかっていたのだ。

一回も診断を受けなかったため、正式な病名は分からない。いずれにしろ、本人に病気だという意識が全くなかったのが、一番の問題であった。

父は何度も病院に連れて行こうとしたが、母は、自分はおかしくないと言い張って聞かなかった。

ある時、買い物と偽って連れ出し診察を受けさせようとしたが、途中で気付いた母は大いに逆上したらしい。父を罵倒するやら引っかくやらした挙句、その足で実家へと遁走《とんそう》してしまったのだ。

当時、母の実家には祖母が一人で暮らしていた。

七十になったばかりだった祖母は母のことは任せろと父に言い切ったという。自分達と一緒にいるよりも、実家にいるほうが母の病状は落ち着いているようだと知り、父は祖母に母を預けると決めた。

当時、大樹は大学受験を控えた大切な時期であり、さつきも小学校の入学準備中だった。

ひとまず母は祖母に任せ、父は大樹とさつきに集中しようとしたのだ。

定期的に連絡は取り合っていたが、祖母は問題ないと言うばかりで、結局、父が再び母に会いに行ったのは、母が家を出てから三カ月も経ったあとであった。

久しぶりに訪れた祖母の家は、外観からして一変していた。

曇りガラスの扉には意味不明の文字が書かれた札がびっしりと貼られ、家の敷地を何重にも取り囲むように、紙垂《しで》のぶらさがる注連縄《しめなわ》が張られていた。一歩家の中に入ると悪臭が鼻をつき、どうやったら三カ月でこんなに汚くなるのか分からないほど、ゴミが散乱していたのだ。そして、ゴミ屋敷となってしまった家中に、宗教がちゃんぽんになったような祭壇やら像やらが、所狭しと並べられていたのだという。

さつきの記憶にある祖母の家は綺麗に片付いていたから、あとになってその話を聞いても、全く想像がつかなかった。ただ、家に帰って来た父から、ほんのりと饐《す》えた臭いを感じたのは、少しだけ覚えている。

祖母は、聡明な人だった。

父も兄も、祖母ならばおかしなことを言う母をうまく宥《なだ》めてくれるだろうと思っていた。それなのに何故か、祖母は母の荒唐無稽な話を信じた。母に、悪いものが取り憑《つ》いているのだと言って、聞かなくなってしまったのだ。

どうして、あんなにしっかり者だった祖母が、母の話を妄信してしまったのか、未だにさつきは不思議でならない。母の狂気に、祖母が呑まれたとしか言いようがなかった。

何にせよ、自分の知っているあらゆる伝手《つて》を頼り、除霊やらお祓《はら》いやらをしているうちに、良くない新興宗教に引っかかったようだった。母の病状は良くなるどころか、会わない間にすっかり進行してしまっており、しかもそれを指摘すると、今度は父達も祖母の家から閉め出されてしまったのだ。

もはや、無理やり引きずり出すしか他に手はないという結論に至ったのは、母が家を出てから半年も経ってからであった。

だが、その算段を立てている最中に、祖母と連絡がつかなくなった。

嫌な予感がして駆けつけた父と兄が見たのは、ゴミ屋敷の中で、鴨居からぶら下がる母と、その足元で汚物にまみれ、小さく丸まって事切れた祖母の姿であった。見つかった時、祖母の体重はたったの三十五キログラムしかなかったという。

事件の可能性もあるということで、父達は警察から取り調べまで受けたが、母は自殺で、祖母は衰弱死したという結論に落ち着いた。

さつきは、母の死に顔も、祖母の死に顔も見せては貰えなかった。

葬儀は身内だけでごくごく静かに営まれるはずだったが、何せ、死に方が死に方である。ろくに付き合いもなかったのに、野次馬根性丸出しで事情を聞きだそうとする親戚まで現れ、父が怒って追い返すという一幕もあった。

母と祖母の死がよほど堪《こた》えたのか、大樹は大学入学を機に家を出て、それきり帰って来なくなってしまった。

父は、自分の両親をマンションに呼び寄せ、大樹が出て行ってからは、父と祖父母とさつきの四人で住むようになったのである。

仕事が忙しい父に代わり、父方の祖父母が両親代わりとなってくれたが、二人は亡くなるまで母のことはほとんど話そうとしなかった。

長らく、母の死は村岡家のタブーであったのだ。

母の一件を、父方の祖父母は醜聞だったと考えていたようで、絶対に他人に言おうとはしなかったし、さつきも「言ってはいけない」と教えられた。

そのタブーがまさか、最悪の形で破られる日が来るだなんて、さつきは思いもしていなかった。

＊　＊　＊

大樹が自宅を飛び出した一件から一夜明け、さつきは、父と連れ立って大樹の家を訪れていた。

あやねはリビングでアニメを見ているが、さつきは父と並び、ダイニングのテーブルを挟んで鞠香と向かい合っている。

明るい朝の日差しの中、青い顔をしている鞠香の姿は、昨夜の自分と重なるものがあった。

「統合失調症……」

「まだ断言は出来ませんが、息子は二カ月ほど前から、私が付き添って病院に通っていたのです」

そこで、そういった疑いがあると言われましたと、父は鞠香に淡々と説明する。

「大樹から、現実にはないものが見えるようになったのだと、連絡があったのです。でも、あなたには心配をかけたくないから、こっそり病院に通院したいと」

「そんな」

鞠香は己の口を手で覆った。

「大樹さんは、こちらの家には帰りたくないと言っているんですね」

問われて、父は首肯する。

「あなたに心配をかけたくないというのは勿論あると思いますが、それより、あやねに今の自分の姿を見せたくないそうです。本人には、病気だという自覚があるようですし、私とさつきが、完治するまでサポートするつもりです」

仕事はしばらく休むしかないでしょうが、と父が言うと、鞠香は唇を噛んだ。

「そうですね。まずは、あやねのことを一番に考えないと」

鞠香の言葉に、さつきは密かに胸を撫で下ろした。

自分は、少なくとも父が全面的に子ども達を優先してくれたおかげで、変な負い目を感じずにここまでやって来られた。だからこそ、鞠香にも、誰よりもまず、あやねのことを優先して欲しいと思っていたのだ。

ともかく一度大樹に会わせて欲しいと鞠香は言ったが、父はその前に電話をすることを勧めた。

「大樹さん」

『鞠香……』

スマホから漏れ出る音声はクリアで、傍《そば》にいたさつきにも会話の内容は聞き取れた。

「とりあえず、今すぐ命にかかわる病気でないようで、良かったです」

心配したし、正直に言って欲しかったですけどと鞠香に言われ、『すまん』と苦しそうな声が返る。

鞠香は深く息を吐いた。

「次に病院へ行く時には、私も同行させて下さい」

『分かった。本当にすまない』

通話を切った鞠香は、さつきと目が合うと小さく苦笑した。

「……病気のことについて、私も勉強しないとね」

無理に笑って見せた鞠香がただただ可哀想《かわいそう》で、こんな顔をさせている大樹に対し、さつきは言いようのない怒りを覚えた。

鞠香は、大樹から母は単に「病気で死んだ」としか聞いていなかったらしい。もし、それが心の病気で、母が自殺したのだと聞いていたら、彼女は、大樹と結婚しなかっただろうか。

パートナーにこんな顔をさせてしまうのだったら、私は一生結婚しなくても良い、とさつきは思った。

＊　　＊　　＊

父が医者から聞いた話によれば、現実に存在していないものを見ている患者に対しては、それが「あり得ないもの」なのだと、自覚させる他に対処法はないのだという。見間違えを起こさないよう、なるべく物を整理して置き、暗がりを作らないように電灯は点けっぱなしにしておく。それでも幻覚はしばしば大樹を襲い、常に何かに怯えている様子は一向に変わらなかった。

廊下の一点を見つめて立ち上がれなくなっていたり、頭を抱えてぶつぶつと何事かを呟いている姿は不気味だったし、怖いとさえ思った。だがさつきは自分がそう感じていることを悟らせないよう、ぐっとそれを我慢した。

さつきはむしろ、どんな時も平静を装い、父が近くにいない時は、自分から積極的に大樹に話しかけるようにした。そっちには何もないよ、ただの気のせいだよ、と、根気よく言い続けることにしたのだ。

「お兄ちゃんは病気なんだよ。ちゃんと自覚して、鞠香さんとあやねちゃんのためにも、しっかり治さなきゃ駄目だよ」

ある時、部屋の隅で震えていた大樹を見つけ、さつきは努めて優しくそう語りかけた。だが、大樹はその言葉を受け入れるどころか、まるでさつき自身が化け物ででもあるかのように、睨《にら》み返してきたのだった。

理不尽な敵意を向けられて怯みそうになったが、ここで引き下がるわけにはいかなかった。

「そりゃ、一番辛いのはお兄ちゃんだと思うよ。でも、家族のためを思えば、ちゃんと治さなきゃって思わない？」

それは、母に言えなかったさつき自身の思いでもあった。

さつきは、母が「自分を捨てた」という思いを捨て切れなかった。母を憐れむ一方で、何故、病院に行ってくれなかったのだろうという失望感がどうしても拭えないのだ。

母が、自分は病気だと認めて治療を受けてくれていたら、あんなことにはならなかったかもしれない。意固地になって、彼女は助かるはずの命も捨ててしまった。それは結局、自分の子ども達を見捨てたのと同義だとさつきは思っている。もはや、自分だけの問題ではないのだから、何より家族のためにも、自分の病気を受け入れて、病院へ行って欲しかった。

大樹は病院には行ってくれたが、こうしてさつきが話しかける度に、どこか嫌そうな、反抗的な態度をとるのだ。それを見る限り、病気を治そうという気持ちが薄いように思えてならなかった。

「鞠香さんもあやねちゃんも、お兄ちゃんの病気が治って、家に帰って来るのを、ずっと待っているんだよ」

さつきの言葉を聞いた大樹は、盛大に顔を歪ませた。

「――だから、嫌なんだ」

吐き捨てるというよりも、どこか投げやりな返事に、さつきはぽかんとした。

「何それ。どういう意味？」

わけが分からずに聞き返すも、大樹はそれに答えず、あらぬ方向をぼうっと見つめている。

その姿は、病院へ行けと言われ、私はおかしくないと癇癪《かんしゃく》を起こした母の姿と重なった。

母に病気と立ち向かって欲しかったという思いは、大樹も一緒のはずだとさつきは思っていた。それなのにこんなことを言うなんて、あやねや鞠香、ひいては過去の自分達に対する裏切りに他ならない。

ふてくされたような大樹の姿に、ふつふつと、さつきの中で怒りが込み上げてきた。

「あのさ。私だって、本気でお兄ちゃんを心配してるんだよ」

お願いだから、自分の周囲のことも少しは考えてよと言うと、大樹は呻き声を上げ、両耳をふさいでしまった。

「頼むから、俺のことはもう、放っておいてくれ」

「どうも、薬があまり効いていないらしい」

父にそう言われ、さつきはだろうなと思った。

大樹の経過が順調とは言えないのは、言われるまでもなく分かっていた。

「私と一緒にいるのが良くないのかな」

何度話そうとしても、兄とさつきは険悪な空気になってしまう。一緒にいるだけで、症状が悪化している節すらあった。

さつきがそう言うと、父は「そうだな」と否定しなかった。

幸い、父と二人でいる時の大樹の病状は安定している。ここは無理をしないほうが良いだろうという話になり、さつきは大樹と入れ替わるようにして、鞠香とあやねの家で世話になることになった。

そうして始まった生活は、思いのほか快適であった。

最初こそ客人扱いで気を遣われていたのだが、さつきがあやねの保育園への送り迎えや家事の分担などを積極的に行うようにすると、鞠香の負担も減ったと見えて、逆にありがたがられるようになってしまった。

さつきとしても、自宅に帰れないストレスを差し引いても、大学への通学が断然楽になり、大樹とぴりぴりした時間を過ごさずに済むのはありがたかった。

その日、鞠香は地方への出張で帰って来られないと言うので、さつきは鞠香とあやねの寝室で休むことにした。

九時前、いつものさつきならば起きている時間に布団に入ると、ふと、あやねが囁くような声で話しかけてきた。

「ねえ、さつきおねえちゃん」

「なあに」

「パパ、どうして帰って来ないの」

そっと隣を見れば、常夜灯の光を反射し、大きな瞳がこちらを向き、潤んでいるのが分かった。

どうして父親が帰って来ないのかは、最初に、鞠香の口から説明している。もともと物分かりの良い子なので、その時は「分かった」と返事をしていたが、やはり、色々と不安だったのかもしれない。

「ママが言ってた通りだよ。パパは病気を治すために、今、頑張っているからね。治ったら、すぐ帰って来るよ」

「すぐってていつ？」

「いつになるかは、ちょっと分からないけど……」

半身を起こし、腕枕をしてあやねを覗《のぞ》き込む。

「パパもママもいなくて、寂しくなっちゃった？」

あやねは何も答えず、ただ天井を見上げていた。

「まったく。ママとあやねちゃんにこんなに心配をかけるなんて、悪いパパだねえ」

ね、と明るく言って見せたのだが、あやねは硬い表情を崩さなかった。

まだ早い時間なので眠れないだろうと思っていたのだが、あやねと一緒に横になっているうちに、いつの間にか眠ってしまったらしい。

目が覚めると時刻は午前六時を少し過ぎたところだった。

あやねはぐずることもなく眠ってくれたが、その分、やけにおとなしいのが気にかかる。

大学を訪ねて来た時にも感じたが、普通、この年頃の子どもはもっと無邪気で、元気なものなのではないだろうか。シャイな子だったらこんなものなのか。はたまた、父親があんなことになって、彼女なりに憔悴《しょうすい》しているのか。

かすかな明かりの中、目をつぶっているあやねの頬は、陶器のようにどこか無機質だ。

そう思って、ふと、どこかでこんな光景を見たような気がした。

何だっただろう。以前に見た、映画のワンシーンだろうか。

規則正しく上下するあやねの胸を見つめながら少しの間考えたものの、一向に思い出せない。

朝食の支度をするにはまだ早いが、二度寝を決め込もうにも、このままでは眠れそうにない。さつきは音を立てないようにこっそりと寝室を出て、台所へと向かった。

電子レンジで牛乳をあたためている間、手持ち無沙汰に見やった窓の向こうは、すでに白みつつあった。じんわりと太陽を感じる台所とは異なり、遮光カーテンを垂らしたリビングには、青い闇が横たわっている。

電子レンジの電子音が鳴り、その内部のオレンジ色の光が消えた。

するとその瞬間、電子レンジの扉に反射し、背後のドアから小さな人影がこちらを覗き込んでいるのが見えた。

起こしてしまったかと申し訳なく思う。

「うるさくしてごめんね。あやねちゃんも飲む？」

マグカップを取り出して振り返り、あれ、と目を瞬いた。

そこには、誰もいなかった。

台所とリビングを隔てる引き戸から、確かに今、あやねがこちらを窺っているように思えたのだが。

窓から差し込む朝の光に照らされ、そこにはただ、がらんどうなリビングがあるのみだ。

ミルクをすすりながら寝室に戻ると、畳にのべた布団の上では、先ほどと寸分変わらぬ格好であやねが眠っていた。

首を捻るが、今思えば、寝室のドアを開閉する音も聞こえなかったのだから、単純に自分の見間違えかもしれなかった。

あやねを保育園に送り届けてから、大学へと向かう。

図書館が開く時間になったので、課題の下調べでもして、講義まで時間をつぶそうと考えた。

地上階には学習・一般図書が配架されているが、専門書が欲しい場合には、地下の研究図書のフロアに行かねばならない。

入り口からまっすぐに続く通路を挟み、両側には天井に届くほどの高さのある移動書架がずらりと並んでいる。初めて足を踏み入れた時は、高校の図書館とはケタ違いの規模に壮観ささえ感じたものだ。

階段下に設置されている検索システムで目当ての本を探し出し、忘れないようにと本の番号をメモする。

「J、J、Jの164——」

通路を進みながら合致するアルファベットの標識がある棚を見つけ、数字を確認してボタンを押した。

途端に、ゴウン、という大きな音が響き、じりじりと一列の書架が動き始めた。

両側に大量の専門書が詰まった書架は、まるでコンクリートの壁のように重く、大きく見える。今でこそ見慣れてしまったが、最初のうちは、間違って押しつぶされやしないかとひやひやしたものだった。

書架が止まり、中に人がいることを示すランプが点灯したのを確認してから、目の前に現れた通路に入る。

入り口で見た時よりも、両脇に迫り来るように聳《そび》え立つ書架の間に立った時のほうが、はるかに圧迫感がある。

探していた本はすぐに見つかったが、こういう時はお目当ての本そのものよりも、その本の近くに置いてある本のほうが役に立ったりするものだ。

本来であれば、移動書架は他の利用者に配慮してあまり長居は出来ないのだが、開館直後のためか、人の姿は見えない。誰かが来たら出れば良いかと考え直し、気になるタイトルの本を抜き出してはパラパラとめくり、気に入ったものを左腕に積み上げていった。

一番下の棚に置いてある本を取るためにかがんだところで、ふと、自分の向き合う書棚の反対側に、誰かがいる気配を感じた。

集中していたせいだろうか。全く気付かなかった。

そろそろ他の利用者も来る頃かと本を閉じ、もとあった場所へ差し込もうとすると、本の隙間から、向こう側に立つ人物の足が目に入った。

棚の影にまぎれるように、薄暗いそこに立つ影が見えて、さっきはどきりとした。

——向こうに見え隠れする膝小僧が、やけに小さい気がする。

まるで、子どものような。

そう思った瞬間、何か変だと、鋭く脳裏に閃《ひらめ》くものがあった。

大学図書館のセキュリティ上、入館の際には必ず学生証を提示しなければならない。あやねのように、校門を通ったところを見つかったというのならいざ知らず、研究書庫まで子どもが入って来られるはずがない。

急に、左腕に積み重ねた本がずしりと重みを増したように感じられた。

不審に思うのなら、向こう側を確認すれば良いだけだ。そう頭では分かっているのに、胸が不穏にざわめいて、どうしても相手を見ることが出来ない。

変な悪寒がして、体が重く、だるい。

自分でもわけが分からず、どうして、と自問した時、カチンと軽い音がした。

我に返ると、にぶい駆動音を響かせ、背後にあった壁のような書架が、こちらににじりじりと迫って来ていた。

「すみません、まだ中にいます！」

慌てて立ち上がろうとして、不意に書架の反対側にいた人間と目が合う。

ばちりと、視線と視線が合う音さえ聞こえたような気がした。

本と本の隙間から、こちらを覗き込んでいる、大きな二つの目玉。

その瞳孔は魚のように開き切り、表面が乾いて白濁している。


明らかに、生きた人間のそれではなかった。


「大丈夫ですか」

ばたばたと足音を立て、司書がさっきのもとへと駆け寄って来た。

「ごめんなさい。あなた、かがんでいたから、あっちからは見えなかったの。でも、このでっぱりを押せばね、ちゃんとストッパーが掛かるようになっているから」

こうやって、と背後の書架に手をやって説明する司書を前にして、さつきは腰を抜かしたままであった。

さっきまで書棚の裏にいたはずの人影は、忽然《こつぜん》と姿を消していた。

「今――」

「はい？」

「今、そこに、小さい子がいませんでしたか」

司書は、棚の向こうとさつきを交互に見て首を傾げた。

「さあ？　あなた以外、誰も見ていないけど」

＊　＊　＊

バイトが終わり、エプロンを脱ぎながら、さつきは一人で唸《うな》っていた。

今日は、つまらないミスを連発してしまった。年内最後の講義ではいくつか板書し損なったし、バイト中は、商品券の処理を間違えて迷惑をかけてしまった。

今朝のおかしな見間違え以来、どうにも集中力を欠いているという自覚はあった。

大学から電車で約十分のところにあるバイト先は、大きな駅と直結の百貨店内にある書店である。

夜番は九時までで、職員用の裏口から外に出ると、金のモールに彩られたショーウインドウと華やかなイルミネーションがさつきを出迎えた。そういえば二日後にはクリスマスが迫っているのだと、今さらのように思い至るが、現状を思うと、到底浮かれる気分にはなれなかった。大学は冬休みに入ったが、この調子だとクリスマスも正月も、鞠香とあやねと共に過ごすことになるだろう。

吐いた溜息が真っ白になってあふれ出る。目の前の改札を通るまでの間に夜気が喉元に忍び込み、思わず震えてしまう。

これまでは大樹の家に持ち込んだ防寒具でしのいできたが、いよいよ、自宅に置いてきたダウンジャケットが恋しくなってきた。

幸い、ここから自宅までは二十分ほどだ。

バイト前に学食で夕食は済ませてあるし、遅くなることは鞠香も承知している。

ちょっと行って、ダウンジャケットと、セーターを何枚か適当に持ってこようと決め、さつきは自宅へと向かった。

出来れば、少しだけ父と話がしたかった。


駅からマンションまでの道すがら、いつもは気にならない町の暗さが気になった。

何だか、普段よりも道を行く人の数も少なく感じて、ようやくマンションのエントランスに入った時は、思わずほっと息を漏らした。

エレベーターを降り、歩きながらバッグから鍵を取り出そうとして、隣の部屋の前に飾ってあるプランターが目に入った。

その花がやけに赤い。

彼岸花だ。

何とまあ、季節外れなことだ。そもそも、あまり縁起の良い花ではないし、毒があると聞いた覚えもある。よくそんな悪趣味なものを植える気になるなと思いながらその脇を通り抜けようとして、はた、と思い出した。

――違う。

もともとあそこに植わっていたのは、シクラメンだったはずだ。

隣人は植物好きで、すでにベランダは植木鉢でいっぱいになってしまったという理由で、あのプランターを共用通路に置いていた。マナー違反だと注意を受けても、花の見頃になれば皆の態度も変わる、とけろりと言っていたのだから間違いない。

すると、まるでさつきが異変に気付くのを見計らっていたかのように、鼻をつく異臭が漂い始めた。

その、生臭いような、妙な鉄臭さ。

これは――血の匂いだ。

額にぶわりと冷や汗が噴き出る。

一体、何が起こっているのだろう。

プランターに違和感を覚えてから、朝の図書館で感じた悪寒と全く同じ気持ち悪さがさつきを襲いつつあった。

半泣きになって鍵を開けようとするが、手が震えて、うまくいかない。

やっとのことで家の中に入って鍵をしめ、チェーンロックをかけると、安堵のあまり、ドアに背中を預けてずるずるとへたり込んだ。

情けないが、全身が震えて、その場から動けない。

何か、おかしなこと、良くないことが起こっている。何かが、自分に近付いて来ているという確信だけがあった。

「お父さん」

玄関に座り込んだまま父を呼ぶも、返事はない。

「お兄ちゃーん」

留守？　こんな時間に？

今は、自宅療養中の大樹がいるから、しばらく自炊すると父は言っていた。外食に出ているとは思わなかったのに。

助けを求めて見やった廊下の奥が、不自然に暗い。

ひゅうっと、自分の喉が鳴る音を聞く。

ゆっくり、ゆっくり、暗がりの中から、何かがこちらに迫って来る気配がする。

見たくもないのに、つい目を凝らしてしまう。

そこにぼんやりと浮かび上がったのは、小さな人影だった。

歩み寄って来るのではなく、影絵がフェードインするかのように、足も動かさずに廊下の奥から浮かび上がって来る。

それをよく見ようとすればするほど焦点が合わなくなる。

人影の足元から、黒い水のようなものが湧き出て、音もなくこちらに流れてきた。

一刻も早くここから逃げなければと思うのに、体はぴくりとも動かない。

「止《や》めて」

かすかすと、声にもなっていない声でさつきは言う。

「お願い、来ないで」

しかし、その水は徐々に勢いを増してこちらに迫り、とうとう、さつきの尻を濡らし始めた。

匂いで分かる。

黒い水と見えたものは、血だ。

「――さつき？」

怪訝《けげん》そうな父の声と共に、周囲が明るくなる。

我に返ると、さつきは靴の散乱した土間に座り込んでいた。

目の前に伸びるフローリングは乾いており、血の川どころか、雫《しずく》一滴落ちているようには見えない。

父は、挙動のおかしいさつきを見て、何かあったと察したらしい。

「どうした」

眉根を寄せ、さつきと視線を合わせようとしゃがんでくれたが、ガチガチと歯が鳴るばかりで、声は一向に出てこなかった。

廊下は綺麗だ。

血はおろか、小さな人影なんてものも見当たらない。

はっとして立ち上がり、チェーンロックと鍵を外して外へと飛び出る。

隣家のプランターには、シクラメンのショッキングピンクだけが鮮やかだった。

昭和四十年　2

「このたびは、ご愁傷さまです」

神妙な顔でそう言った男は、磯貝《いそがい》と名乗った。

よく日に焼けた顔はこわもてで、やや古びた背広に包まれた体は、四十代の割にがっしりしている。

彼は、清孝が橋から落ちた瞬間に立ち会った、その人であった。


省吾が再び東京にやって来たのは、葬儀が終わってから一週間後だった。

一通りの稲刈り作業を終え、清孝の遺品整理のために戻って来たのだ。

社宅である以上、いつまでも住んではいられないが、それでも、京子と仁美には半年の猶予が与えられていた。急ぐ必要はないため、京子は四十九日も終わらないうちに遺品整理をすることに難色を示したが、それでも省吾が無理やり押しかけたのは、清孝の遺したものの中に死の原因を示すものがあるのではないかと思ったからだった。

主人を失った家の客間には、白い布が被さった白木の祭壇が設けられ、綸子《りんず》に覆われた骨壺と、仏花と果物が並べられている。

家のどこにいても、線香の香りがほのかに漂っていた。

相変わらず、写真の中の清孝だけが、快活に歯を見せて笑っているのが辛い。

京子は、清孝より八歳も若い。

上司の紹介で知り合ったと聞くが、結婚するまでタイピストとして働いていたというだけあって、頭が良く、口も回り、どんな時でも物怖《ものお》じしない印象の女性であった。それが、清孝が死んで以降、まるで人が変わったかのように無口になってしまっていた。

何かを考え込み、思いつめた表情をしているようにも見える。京子の母親はそんな娘が気が気ではないようで、葬儀以降、この家に留まり続けていた。

葬儀の席で山田の係累と一悶着あったせいか、京子の母は省吾に対してもどこかよそよそしい。女ばかりの家に独り身の男がやって来るということも良くは思っていないらしいのは、口にされなくても察せられた。

そんな気まずい空気の中にやって来たのが、磯貝であった。

省吾は、上京してすぐに、清孝の死の状況を詳しく知りたいと警察に訴えていた。それを聞いた磯貝が連絡を寄越し、訪ねて来てくれたのだった。

「まさか、わざわざ来て貰えるとは思っておりませんでした」

「いやいや。こちらこそ、うちの者の説明が不足していたようで、面目ないことです」

その言葉に、俯いて言葉少なだった京子は、初めてはっきりとした声を上げた。

「磯貝さんは、警察の方と伺いましたが」

目撃したのが警察の人間だったのも、清孝の死が自殺だと断定されるまでに時間がかからなかった要因なのかもしれない。

磯貝は生真面目そうに「そうです」と答えた。

「あの時は非番でしたが。どうにも様子が変だったんでね。ご主人に話しかけさせて貰ったんです」

「変とは」

初めて聞いた話に省吾が思わず勢い込めば、磯貝はその時を思い出すかのように、わずかに顔をしかめた。

「自分は、ご主人とは反対側の道を歩いていて、ちょうど橋の上ですれ違ったんです。スーツ姿なのに手ぶらで、ふらふらと歩いて来て」

酔っ払いのように見えたのだという。

「つい気になって眺めておりましたら、そうではないと分かりました。どうも、泣いていたんじゃないかと」

「兄が、泣いていた」

「ええ」

あの兄が涙している姿など、全く想像もつかない。食い入るように話を聞いていた京子の眉も跳ね上がっている。

省吾と京子の反応が意外だったのか、磯貝は慌てて「いや、だいぶ汗もかいていたから、実際は汗だったかもしれんのですが」と言い直す。

「ですがこう、放心しているような感じでして」

不審に思い「どうしました」と声をかけたが、そんな磯貝の目の前で、清孝は欄干の上に飛び乗った。目はぼんやりとしており、話しかけられたことにも気付いていないようだったという。

「夕日を見とったんでしょうかね。あまりに自然に欄干に上ったので、こちらも驚いてしまいまして」

あんた、早まっちゃいけないと強く声をかけ、ようやく清孝と磯貝は目が合った。話なら聞くぞ。何があったんだ。そう言いながらじりじりと近付くと、清孝は、「あああ……」と、溜息のような呻き声を上げた。

「彼女が、追いかけて来た」

――ごめんなあ。

そう言って、清孝は欄干を蹴り、夕日の中に身を投げ出したのだという。

「彼女？」

彼女とは、誰のことだ。

「分かりません。ですが確かに、そう言うとりました」

自殺なのは疑いようがなかった。問題は、その動機だ。

警察でも、清孝の職場で心当たりはないかと聞いたが、省吾が耳にしたのと同様に、問題は何も見つからなかった。女性関係に疑いの目を向けても、清孝は愛妻家であるという答えが返ってきただけだったのだ。

「何度も聞くようですが、奥さんにも、思い当たる節はないのですよね」

わずかに警官らしさを覗かせた磯貝に、京子はキッと鋭い眼差しを向けた。

「前に来た方にも申し上げましたけれど、うちの人はあたくしのことも、娘のことも、これ以上ないくらい大切にしてくれました。浮気心を起こしたりなんかするはずがありません」

勿論そうでしょうとも、と、磯貝は京子を宥めるように言い、しかしさりげなく言い添えた。

「でももしかしたら、奥さんと結婚される前に、奥さん以外の女性との間に何か問題があったのかもしれません」

「問題って」

「そうした事情のある女性がいたとしたら、ご主人の言葉もまだ納得がいくかと思いまして」

「過去に、夫が謝らなければならないような事情のあった女がいたと？　そして、その女が追いかけて来たせいで、夫は死ななければならなかったと言うのですか」

自分から命を絶たなければならないような確執とは、一体何だと言うのだろう。

「そんな、いるかいないかもあやふやな人のことなんか言われても、困ります」

ぶっきらぼうに突き返す京子に、言い過ぎたとでも思ったのか、磯貝はやや気まずそうに頬を掻《か》いた。

「そうですね。大変、失礼を申し上げました」

あんまり長居も何だからと言って、磯貝は恐縮しつつ帰って行った。

「お義姉さんは、磯貝さんの話をどう思っているんです」

古い年賀状の束をめくりながら問いかけたが、「どうとは」と京子は素っ気無く問い返してきた。

清孝の私物は多い。

読書家だったため、私室にはみっちりと本の詰まった本棚が置かれ、机の上には使い込まれた文房具が整理されて並べられていた。仕事鞄や革靴は、丁寧に手入れのされた良いものばかりで、これから先も使い続けるつもりだったにちがいない。

しかし、死の原因の手がかりとなるようなものは、どこにも見つからなかった。

「兄と関係があった女性に、思い当たる節はないんですか」

「省吾さんこそ。あの人が独り身だった頃のことは、あたくしよりもよっぽど詳しいんじゃないですか」

そう言われた省吾にも、心当たりは何もなかった。

本人はひけらかさなかったが、間違いなく清孝は女性に人気があった。トラブルがあったという可能性は捨て切れない。

少なくとも、清孝の死に女が関わっているということは分かった。

これまで、全く原因が分からず暗闇の中に取り残されたような気持ちでいたが、省吾にとって、磯貝の話は一筋の光明とも言えた。

「俺が知らないだけで、何かあったのかもしれませんから、もう一度調べてみようと思っているんです」

そう言って振り返ると、京子は古い雑誌をまとめていた手を止め、じっとこちらを見つめていた。

「止《よ》しておいたほうが良いんじゃないかしら」

「はい？」

意外な返答に、思わず声が裏返るが、そんな省吾に対し、京子は渋い顔を向けて来た。

「今になって、夫と関係があったなんて女が現れたとしても、それで、清孝さんが帰って来るわけじゃないんです」

「でも、その女が兄を死に追いやったのかもしれないのですよ」

もしかしたら、おかしな女に付きまとわれて、ということもあるかもしれないのだ。

「あたくしだって納得は出来ませんわ。知りたい気持ちは勿論ありますとも」

でも、それを知るのは怖いのだと京子は言う。

「どんな女が関わっていたのか分かったところで、清孝さんが、自分で死を選んだ事実に変わりはないんです」

その張り詰めた表情に、京子からすれば、清孝が自分と娘を置いて逝ったという時点で、尋常ならざる思いがあるのかもしれないと、ようやく省吾は思い至った。

外からは、仁美と京子の母が遊ぶ声が聞こえていた。

電話を借り、省吾は、山田の家に連絡を入れた。そこで「謎の女」について尋ねたが、父も母も、清孝が京子以前に誰かと付き合っていたという話は聞いたことがないと口を揃えた。

「清孝さんは、女学生からラブレターを頂いても、そつなくお断りしていましたよ」

とってもしっかりした子だったから、と未だ震える声で学生時代の兄を語る母も、正体不明の女の存在には戸惑いを隠せないようだった。

電話を切り、省吾は考え込む。

会社を出るまで、清孝はいつも通りだったという。その帰り道に、女と会ったに違いない。

ならば——それと同じ道をたどれば、女を目撃した人もいるのではないだろうか。

思い立ったが吉日である。

「お義姉さん。ちょっと出てきます」

「どちらに」

「あの時、兄と会った女を見た人がいないか、聞いて回るつもりです」

さっと京子の表情が曇ったが、今は彼女に斟酌《しんしゃく》する気にはなれなかった。

「俺は、どうして兄が死んだのか、その理由を知りたくて東京まで出て来たんです。このまま、帰るわけにはいきません」

京子にとっては喜ばしい話ではないのだと分かっている。

「すみません。夕飯は要りませんから」

そう言い残し、玄関を出ようとした省吾を見送る京子は、やはり険しい顔をしていた。


駅へと続く大通りには、田舎者が怯むほどの自動車が行き交っている。

以前、清孝を訪ねて来た時はオリンピック前だったが、あの頃とは比べものにならないほど道路は舗装され、街灯の数も増えている。ハイヒールを鳴らし、つんと気取った顔ですれ違った女は早足で、それだけで怖気《おじけ》づきそうになる自分がいた。

排気ガスの臭いに辟易《へきえき》しながら道を行くと、いくらもしないうちに清孝の飛び降りた石造りの立体交差橋に着く。

そこには、ラムネの瓶に活けた竜胆《りんどう》が手向けられていた。

欄干は省吾の胸ほどもあり、清孝がこれを自発的に乗り越えたのならば、事故の可能性はないと再確認する。

欄干に背中を預け、周囲を見回してみた。

この右手には、たった今出て来た社宅が立ち並び、左手に進むと、清孝の職場へとたどり着く。

右手側の橋のすぐ脇には三階建てのビルヂングがあり、一階には中華料理店があった。橋の下を走る路面電車の両側には桜の木が植えられていて、それを見下ろせるような窓がいくつもある。

あそこからなら、何か見えていたかもしれない。

省吾は中華料理店に入ると、カウンター席で炒飯《チャーハン》を注文し、店員に話を聞いた。

最初に応対してくれた店長と思しき男は、省吾がこの間の飛び降り事件の遺族だと知ると、同情を示してくれた。その件で客商売に影響が出ていたら煙たがられるかと懸念していたが、特に問題はなかったと聞きほっとする。

そこへ出前から戻って来た若い店員が、偶然にも、清孝が飛び降りた一部始終を目撃していたのだという。

「あんたにこう言うのも酷かもしらんが、ありゃ、どう見ても事故じゃなかったよ」

その時のことを思い出したのか、むずむずと居心地悪そうにしながら彼は言う。

「走ってそこまでやって来てね。疲れたのか、足を緩めたと思ったら、あんなところに飛び乗るんだもの。危ないって思ったんだけど、そのままふらあって落ちちまってさ」

ただ見ていただけの俺だってショックだったんだ。止めようとした人は一生忘れられないだろうなあとしみじみ言う。

橋に着いてからの状況は、磯貝の話と一致している。だが、走ってここまで来たというのは初耳だった。

「そうだな。何かから逃げて来たみたいに見えたけど」

「誰かに追われていたということでしょうか。その、何かとやらは見えましたか」

「さあねぇ。逃げているように見えたってのも単なる印象だから、そこまでは」

それ以上分かることはなく、省吾は代金を払い、礼を言って店を出た。

清孝が汗をかいていたのは、「何か」から逃げて、走っていたからだろう。だとすれば当然、職場からここまでの帰り道で、逃げ出すような「何か」——もしかしたら、謎の女と出会っていたはずである。

清孝が走った姿を見ていた人の証言をたどれば、その起点が分かるのではないだろうかと考えた省吾は、橋から職場までの道で、聞き込みを行うことにした。

だが、順調だったのは最初の中華料理店だけで、夕方までかかって一軒ずつ話を聞いて回ったにもかかわらず、成果は一つも得られなかった。

飛び降り自殺した男がいたとは知っていても、その光景を見た者も、走って「何か」から逃げる清孝の姿を見た者も——当然、その「何か」を見た人間もいなかったのだ。

収穫を得られないまま会社までたどり着いてしまい、これからどうしようかと考えていると、終業時間になって会社から出て来た清孝の同僚達とばったり会った。省吾を見つけて驚いている彼らに事情を説明すると、その足で呑みに行くことになった。

連れて行かれたのは、駅前の古びた飲み屋だった。

扉を開いた瞬間、いらっしゃいませ、という声と共に、酒と煙草の香りが漂ってきた。

狭い店内はほぼカウンター席で占められ、会社帰りの男達がひしめいている。席に座ると、ラジオから流れる流行りの歌謡曲に合わせ、接客に当たる女の指先が、テンポを取るように酒瓶を弾いているのが目に入った。

水割りを作ってもらう間、煙草を吸いながら正体不明の女の話を切り出すと、二人は「意外だ」と目を剝《む》いた。

「山田君が女性関係でそんな下手を打つとは、考えられないんだがね」

「彼は愛妻家だったしな」

「むしろ、奥さんがその女だというほうが、よほどしっくり来るように思うが」

何気なく言われた言葉に、省吾はむせた。

「と、言いますと」

こんなの、下世話な勘繰りかもしらんけどさ、と前置きをしてから彼は言う。

「俺達からすると、君のお兄さんが死にたくなるほど入れ込んでいた女性なんて、奥さんしか知らないわけだ。あんなに愛していた奥方に男の影があったりしたら、それこそ死にたくもなるんじゃないかね」

清孝の死の原因を調べるのに反対した京子の姿が頭を過《よ》ぎる。

咄嗟《とっさ》に何も言えなかった省吾に代わり、それを聞いていたもう一人の同僚が顔をしかめた。

「本当に下世話な奴だな。奥さんに対しても失礼極まりない」

「だから最初にそう言ったじゃないか」

「独り者はこれだから」

ぼやいてから舌打ちし、同僚を諫《いさ》めた彼は体ごと省吾に向き直った。

「こいつの言うことなんて、気にしないでくれたまえ」

とりなされても、いったん胸に浮かんだ疑念は、簡単に消えるものではない。

「義姉《あね》はあまり、兄の死の原因を探すのに、乗り気ではないようでして」

正体不明の女の存在が浮上しても、特に怒りや憎しみといった感情を見せなかったことを思い返していると、気にするなと言った男が訳知り顔で首を横に振った。

「夫婦には、たとえ肉親であっても、外からじゃ分からないものがあるもんさ。君がお兄さんの死に納得がいかない気持ちも分かりゃするが、ご主人が亡くなって動揺している女性に対し、配慮を欠くようなことはしちゃいけないよ」

知ったかぶった苦言を呈され、そうですね、とだけ言い、省吾はようやく渡された水割りに口をつけた。

呑み代は、彼らが支払ってくれた。

店から出ると、この時間とは思えないくらい、外は街灯で明るかった。

二軒目に行こうと誘う清孝の同僚達と共に、タクシーを拾うべく大通りに出る。

駅前には、似たような仕事帰りの男達が大勢いた。ほろ酔いで、仕事仲間と思しき連中と肩を組み、笑いながら歩く彼らの手もとで、鞄の金具がチカリと光を反射した。

「あっ」

思わず声が出る。

磯貝は、清孝は手ぶらだったと言っていた。それなのに、家には鞄があった。ならば、どこかで清孝の鞄は回収され、家に届けられたのだ。

もし清孝の身に何かが起こった際にそれを落としたのだとするならば、どこで鞄が拾われたのか分かれば、手がかりになるかもしれない。

省吾は、奢《おご》ってくれた礼もそこそこに同僚達に別れを告げ、清孝の家へ向かって走り出した。

その途中、最初に立ち寄った中華料理店で、昼間に会った若い店員が暖簾《のれん》を片付けているところにちょうど出くわした。

好都合とばかりに尋ねると、男は「ああ！」と頷いた。

「鞄は、そういや持っていなかったね。俺が見たのは――あの看板が見える？　そう、あの赤いやつ。あそこから、こっちに向かって走って来る姿を見たのが最初だったけど、その時にはもう手ぶらだったんじゃないかなぁ」

指さされた方角を見て、省吾は、それまで自分がとんでもない勘違いをしていたことに思い至った。

「兄は、あちらから、やって来たのですか」

「そうだよ」

店員は平然と言ったが、これは重要なことだった。

それまで省吾は、清孝は会社から橋に来る途中で女に会ったと思い込んでいた。だが、たった今示された方角にあるのは、職場ではなく自宅である。この男の話が確かならば、清孝は、家の方角から、職場に向かって走って来たということになる。

――一度帰宅した道を、兄はわざわざ橋まで戻って来た？

だとしたら、省吾が調べるべきなのは、橋から会社までの道のりではなく、橋から家までの道のりだったのだ。

俄然やる気が出てきたが、もう時間は遅いし、京子に鞄を誰に届けて貰ったのかを聞かなければならない。

足早に清孝の家へと向かううちに、ふと、何やら煙臭いことに気が付いた。

誰かが、火燃《ひも》しでもしているのだろうか。

こんな時間に誰が、と不審に思いながら歩き、社宅の前の道路まで来た時、街灯の明かりが届く範囲に、うすく煙が立ち上っているのが見えた。

何だか嫌な予感がする。

急いで塀を回り込むと、清孝の部屋の目の前、雑草がまばらに生えた空き地で、京子が一斗缶を前に立ち尽くしていた。

「何を燃やしているんですか」

声をかけると、京子はぎくりと振り返った。

「お帰りなさい。何でもありませんよ。ただのちり紙です」

「こんな時間に？」

こちらに向かって来た京子を押しのけて一斗缶に近付くと、その中で燃えているのは、細かく字の書き込まれた、手紙や冊子の類いだった。

よく見れば、冊子に書かれた文字は紛れもない、清孝の筆跡である。

「何てことを！」

火の中に手を突っ込み、燃え残っていたものを取り出して火を叩く。

それでも鎮火出来なかったので、やむを得ず、近くに用意してあった水をかけたものの、パッと見ただけでも、冊子はほとんどが燃えてしまっている。手紙も焦げつき、ろくに何が書いてあるのかも読み取れないが、それが無味乾燥な書類などではなく、私信のやり取りであったのはかろうじて分かった。

ほぼ灰となってしまった紙を省吾が漁っている間、京子は何も言わなかった。

沈黙の中、省吾の胸のうちに、ふつふつと怒りが湧いてきた。

「どうして、兄のものを勝手に焼こうとしたんです」

「要らないものだったから」

「要るか、要らないかを判断するために、俺は田舎からわざわざ出て来たのではないですか。少なくとも、兄直筆の書付けや、兄が取っておいた手紙があるなら、俺はちゃんと中身を確認させて貰いたかった」

「あたくしと清孝さんの間であったやり取りを、誰にも見せたくなかったんです」

「なら、そう言えば良いだけのことでしょう！」

京子の表情は異様に硬い。恥じらうでも、萎縮するでもなく、ただただ頑《かたく》なその姿には、いかんともしがたい違和感があった。

「お義姉さんは一体、何を隠そうとしているんです」

思わず出た低い声に、京子の眉根が露骨に寄る。

「何も隠してなんかおりません。変な勘繰りは止して下さい」

京子の反応を見て、自分がいつの間にか、彼女に完全に敵として見られているのだと気付いた。

いよいよ、何かがおかしかった。

「一体、どうしたんですか。兄の、あの鞄は誰が届けて来たんです。どこに落ちていたかだけでも教えて下さい」

「忘れました」

「忘れました？」

思わず声が上ずる。京子は動じない。

「夫が亡くなったと聞いて動揺していたものですから。もう、止めて下さいませんか。原因が分かったところで、清孝さんは戻って来やしないんです」

「あなたの夫は、俺のたった一人の兄でもあります。悲しいのは自分だけだと思わんで下さい」

しばし、京子と省吾は睨みあった。

「こんな時間に、何事ですか」

からからと音を立て、家の中から寝間着姿の京子の母が現れた。彼女は、二人の険悪な雰囲気を察すると、さっと目元を険しくした。

「うちの娘が、何か」

二人の女に睨まれ、まともな話し合いは無理だと悟り、悔しくて思わず唇を噛む。

「少し、頭を冷やしてきます」

省吾は、手紙と冊子を持って、社宅をあとにした。

京子は何も言わなかった。

省吾は、誰もいない公園までやって来た。街灯下のベンチに腰掛けると、頼りない光の中で、焼け焦げた紙を慎重に開いていく。

手元にあるのは、ノートと、手紙の燃え残りだった。

ノートは最初に火にくべたのか、ほぼ焼けてしまっている。何とか、最後のほうのページはシベリアに抑留されていた頃の記憶を書き留めたものらしいと読み取れたが、具体的な内容はほとんど分からなかった。

清孝は、几帳面な性格だった。

従軍中にあったことを忘れないように書き留めたのかもしれないが、京子は、何故これを燃やそうとしたのだろうか。

一番上にあった手紙は、住所の判別こそ出来なかったが、下の名前だけは燃え残っていた。

『千代子《ちよこ》』

――女だ。

ばちばちと音を立てて点滅する街灯の下、省吾は、焼け焦げた紙を裏返した。

平成三十年　3

現実には存在しない人影を目にした翌日、さつきは心療内科を受診した。

なんとなく恐いようなイメージばかりが先立っていたが、実際に入った診察室は、普段世話になっているかかりつけ医とほとんど印象は変わらなかった。むしろ、日当たりの良い窓辺によく手入れされた観葉植物が置いてある分、居心地良く感じられるくらいである。

さつきの診察に当たった医師の真木《まき》は、背が低く小太りで、にこにこと愛想が良い中年男性だった。内心で、クマのぬいぐるみのような人だとさつきは思う。

さつきは真木に対し、母の死から現在の大樹の状況に至るまで、何一つ隠さず打ち明けた。その上で、自分も同じ病気なのだろうかと率直に不安を伝えたところ、真木は困ったように「うーん」と一つ唸った。

「今の段階では、診断を下すことは出来ませんね」

どこか優柔不断にも感じられる曖昧な言い方に、さつきは真木に対し少しばかり不安を抱いた。

「でも、母も、兄もおかしくなったんですよ。統合失調症は、遺伝する可能性もあるんじゃないんですか」

「それは、誰かに聞いたのですか」

「少しだけ、自分で調べたんです」

その、ネットで、と付け加える声は小さくなる。

大学でインターネットの情報は鵜呑みにするなとさんざん言われている分、注意されるだろうかと思ったのだが、真木はそうですかと軽く頷くのみであった。

「村岡さんご自身が勉強されているみたいなので、少しだけ詳しくご説明しましょう」

そもそも、現実に存在しないものを見たからと言って、それはすぐに統合失調症であると診断されるわけではないのだと真木は言う。

「統合失調症がことさら有名なので勘違いされやすいのですが、ありもしないものを見るということに限れば、実は、結構よくあることなんですよ」

統合失調症とよく似た幻覚症状が出る病気に、レビー小体型認知症がある。また、シャルル・ボネ症候群は、失明した人に起こりやすい幻覚症状であり、実在しない幻影を多く見るという。

「目が不自由になった方ですから、実際に見えているわけではないのですけどね。本人には見た、と感じられるんです。実際の証言を調べてみると、中世の格好をした人達が楽しそうに部屋の中を行ったり来たりしているとか、妖精が踊っているとか、どう考えても現実と見間違えそうにないものまで見ている場合が結構あります」

また、ドラッグによって幻覚を体験するという話はよく知られているが、人によっては、アルコールを摂取しても似たようなものを見る場合があるのだと真木は語る。

「薬物もお酒も摂取していない健康な人でも、眠りの前後に見えたりしますしね」

その言葉に、さつきはつい顔をしかめた。

「それは、私が寝ぼけていたということですか」

ぶっきらぼうな言い方になってしまったさつきに対し、真木はただ穏やかに苦笑した。

「寝ぼけていたという言い方が正しいかは分かりませんが、夢と現実がひどく曖昧になり、現実にそれを見ていると錯覚する場合は確かにあるんです。人間の脳はとても複雑で、まだ分かっていないことのほうが多いくらいですから、暗示にかかって、ないものを見たと知覚してしまう場合だってある」

昔は確かに、幻覚と聞けばすぐに統合失調症と診断が下される風潮もあったが、今はそれではいけないのだと彼は言う。

「幻覚を体験した場合、具体的な病気の原因は特定しにくくて、現代医学でも有効な検査方法はあまりないというのが現状です。そういった中で、統合失調症であると診断を下すために、いくつかの基準が設けられているわけです」

そもそも、どうして統合失調症という名前なのかご存じですかと聞かれて、さつきは首を横に振った。

「人は生きていく上で、普段から、多くの情報を取捨選択して生きています」

嫌なことがあってもそれを我慢して生きていけるのは、大量の情報を整理して、自分の行動を選択出来るからだ。

「言ってみれば、五感で得た情報と、頭で解釈したそれらの意味を統合して、意思決定を下しているわけです」

たとえば、目で見たものを「これは犬だ」と判断する。かいだ匂いから「どこかで秋刀魚《さんま》を焼いているな」と思う。挨拶をして、「この人は自分に敵意を向けていない」と判断する。

こうしたごく当たり前の感覚は、五感から得た情報と解釈の統合によって為されているのだ。

「空港の管制塔をイメージしてみて下さい。たくさんの飛行機が事故なくスムーズに離発着出来るのは、飛行機の運航を把握して、的確な指示を出す管制官がいるからでしょう？　健康な人は、管制官の命令に従って空港が運営されている状態だけど、この司令塔にトラブルが起きると、途端に正常な運営が出来なくなってしまう」

目から得た「茶色い毛むくじゃらな生き物」という情報から、それは化け物だと脳が判断を下す。秋刀魚の焼ける匂いをかいでも、それを何かが腐る悪臭だと思ってしまう。「こんにちは」と言われたのに、それが自分に殺意を持って発せられた悪罵だと勘違いしてしまう。

いわゆる、誤作動だ。

「うんと簡単に言うと、数多くの情報をうまく統合出来なくなるから、『統合失調症』という言い方になったわけです」

統合失調症には、大きく分けて三つの症状がある。

一つ、妄想、幻覚が生じる。

二つ、奇妙な言動をとる。

三つ、喜怒哀楽の表現が乏しくなる。

「これらのうち、最低二つが該当し、なおかつ半年以上症状が続いて、初めて統合失調症という診断が下ります。幻覚があるというだけでは診断が出来ないというのは、そういうことです」

幻覚だけなら、それを起こす原因は他にも考えられるからだ。

「症状と、それが出た期間を見た上で、除外診断を行わなければなりません」

「除外診断?」

「先ほども言ったように、ドラッグやアルコールの摂取など、他に幻覚を見てしまうような要因がなかったかを確認するということですね」

なるほど、だから先にその話をしたのかと、ここで初めて合点がいった。

「お話を聞く限り、お兄さんも症状が出るようになって半年経っていないので、現状ではお薬で様子を見つつも、統合失調症の疑いがあると言うに留めているのでしょう。その上で、村岡さんの症状は幻覚しか当てはまっていません。お兄さんとお母さんの例があるので、確かに遺伝の可能性はゼロではないのですが、それを踏まえたとしても、診断を下してお薬を出すにはまだちょっと早いかな、という気がします」

「病気が、遺伝していない可能性もあるということですか」

「村岡さんがどういう情報を目にしたかは分かりませんが、遺伝について、そこまで気にする必要はないと思いますよ」

たとえ一卵性双生児のうち片方が発症したとして、もう片方は発症しないということもままある。発症するには、遺伝だけでなく、生活環境や本人の性格など、多くの要因が関係するのだと真木は言う。

「それで、村岡さんの場合、幻覚があったのは昨日だけですよね。しかも、お兄さんのことがあって、かなり動揺されていた。それまで何も見えていなかったのに、急にそれが見えるようになったというのは、自分もそうなってしまうのではないかと心配するあまり、自己暗示にかかってしまった可能性があるのではないかと僕は考えています」

まずは落ち着いて、自分の見ているものが本当に病気のせいなのか、そうではないのかを見極めましょうと、真木はさっきを安心させるように微笑《ほほえ》んだ。

「『除外診断』ということですね」

「そういうことです」

真木は、最初からこれが言いたかったのだ。

「それに、たとえ統合失調症の始まりだったとしても、あまり心配は要りませんよ。こういうのは、どれだけ早く症状を見つけられるかで、その後が大きく変わるのです」

精神障害だと言われると、それだけで「頭がおかしい」という意味で捉えるような偏見は未だ残っているが、病気になってしまうことは誰にでもあるのだ。

ずっと昔は「狐憑《きつね》き」などと呼ばれて差別されていたし、十六年前までは、「精神分裂病」という名称が使われていた。しかし研究が進むにつれて、その言い方は病状を正しく表すわけではないということが分かり、「統合失調症」という言い方がされるようになったという。

起こっていることは同じであっても、医療は発展して偏見や差別はなくなりつつある。どんどん名前は変わるし、効果的な薬も出てきて、病気への理解も進んできている。

「風邪をひいたからといって、その人の人格に問題があるなんて誰も思わないでしょう？　精神障害だって普通の病気です。正しく診断が下りて、病状に合った投薬さえ出来れば、ある程度はコントロールが可能です。村岡さんは自分の判断で、こんなに早い段階で病院に来ることが出来て、しかも病気を治そうという意志もあるのですから、見通しは明るいと思って下さい」

「ありがとうございます」

真木の力強い言葉に、昨夜おかしなものを見てから続いていた緊張が、初めて緩んだような気がした。

「まずは、もう一週間様子を見て下さい。見間違えのないように部屋を綺麗にして、それらしきものがあっても、落ち着いて見ることを心がけて。そういう対策をしてもまだ変なものがしつこく見えるようなら、具体的な投薬を考えていきましょう」

　病院の帰り道で見上げた空は、透き通るような冬晴れだった。

　後から考えてみると、真木からは実質「気のせいではないか」と言われただけに近いのだが、それでも、丁寧な説明は、非常に納得のいくものだった。

　昔、テレビで見た予知夢の正体を検証した番組のことを思い出す。

　あれは確か、外国のとある町で子どもが行方不明になったという話だった。

　町の者が総出で捜しても見つからなかったが、その捜索に加わっていた一人の女がその夜、自分が山の中に入って行き、道を踏み外して斜面を滑り落ちる夢を見るのだ。翌日、夢の記憶通りに山の中へ入って行くと、ちょうど同じ場所に子どもが怪我をしているのを見つけた、というものだった。

　だが、番組が出した結論は、予知夢の実体は単純な数のマジックであるというものだった。

　人間は、一晩のうちにたくさんの夢を見る。そして、眠りに落ちる直前まで考えていたことが夢に影響するということが、近年の研究では分かっている。

　当時捜索していた人達は、行方不明の子どもを心配しながら眠りについたはずだ。しかも、それほど大きくはない町で起こった事件だから、子どもがいなくなった周辺は町民にとっても馴染み深いものであるし、当然、危険な場所も無意識下に刻み込まれている。

その町の人口、捜索に携わった人間の数×夢の数は、膨大なものとなる。

おそらく、他にも同じような夢を見た人は無数に存在していたはずであり、たまたま、その中の一つが当たっていたというのは、驚くに値するような話だろうか。

いや、何も不思議なことではない、という答えに落ち着いたはずだ。

それを、予知夢だ神秘体験だと騒ぎ立てるのはナンセンスな気がしていたというのに、いざ自分が幻覚らしきものを見るようになったら、冷静ではいられなかったのだと思うと可笑《おか》しかった。

言われてみれば、自分は母と兄の件で、少しナーバスになっていた。

図書館は、蔵書が傷むのを防ぐため日光が直接入らないようになっているので明るくはないし、普段だったらあの時間帯は、まだ寝ていることが多い。寝ぼけていたというのも十分にあり得た。

それに、外に面したマンションの廊下は薄暗かった。ただ単に、シクラメンを彼岸花と見間違えて動転し、おかしなものを見ていると思い込んだのかもしれない。

まるで、朝見た夢をどんどん忘れていくかのように、恐怖が薄れていくのを感じる。病院に行く前はひどく不安だったことが、今なら客観的に、冷静に見直すことが出来た。そうすると、ひどく怯えていた自分が、馬鹿らしく感じられた。

精神的に不安定な大樹に影響されてしまったのなら、やはり、自分達は少し距離を置いたほうが良いのだろう。

とりあえず、父には「心配いらない」とメールし、大樹の家に帰ることにした。

そういえば、今日はクリスマスイブである。

大樹の家には小さなクリスマスツリーがあるが、本来、楽しいはずの飾りつけをしている最中でさえ、あやねの顔は浮かなかったのだ。

さつき自身、真木にも気分転換はすべきだと言われている。少し考えたのち、さつきは鞠香に連絡を取り、その足でデパートへと向かった。

帰宅すると、鞠香があやねを迎えに行っている間に、ハンバーグとポテトサラダ付きのサラダボウルを用意し、あやねの好物だという甘いエビチリや、ウインナー入りコンソメスープを作った。

帰って来たあやねは、テーブルの上に山盛りとなったご馳走と、宝石のようなイチゴが飾られたクリスマスケーキを見て、久しぶりに顔を輝かせた。

ケーキを食べる前に、今日デパートで買って来たプレゼントを渡した。鞠香には手袋を、あやねには流行のアニメのシール付き絵本である。二人はそれを非常に喜び、そのあとは寝るまでの時間いっぱいを使って、心置きなく遊んだのだった。


深夜に目が覚めた。

オレンジ色の豆電球が目に入り、ここが兄夫婦の寝室だと思い出す。鞠香と共にあやねを間に挟み、川の字で眠ることになったのだ。

そっと横を見ると、大小の人の影が、緩やかに上下して寝息を立てている。

喉がひどく渇いていた。

寝る前にペットボトルを用意しておいたので、音を立てないように起き上がり、枕元へ手を伸ばした。

一口、二口と飲みながら、赤っぽい薄闇の中であおむけになっているあやねを眺める。

プレゼントを前にして、はしゃぐあやねは可愛かった。

初めて会った時も思ったが、それまで、ろくに子どもと触れ合ってこなかったさつきにとって、あやねの可愛さはちょっとしたカルチャーショックだった。

　今日は、あやねと一緒に遊んで久しぶりに声に出して笑ったし、本当に楽しい時間を過ごせた。

　思えば、兄が病気だと分かった日から、みんなずっと鬱々《うつうつ》としていたような気がする。母と一緒にいた祖母がどうなったのかを考えると、やはり、気にしすぎて自分達がおかしくなってしまっては駄目なのだろう。

　さつきは深く息を吐くと、ペットボトルを枕元に戻し、そのまま横になろうとした。

　その時、あやねが上掛けをはいでしまっているのが目に留まった。何気なく、タオルケットをかけてやろうと手を伸ばしかけ――ぴたりと止める。


　あやねの様子が、おかしい。


　どくりと心臓が嫌な音を立てる。

　それが何かを認識するよりも先に、体のほうが異変を悟って震え始めた。

　エアコンのせいでさっきまで少し暑いくらいだったのに、悪寒と共に、内臓がきゅっと絞られる心地がする。

　あれを見てはいけないと、本能が激しく警鐘を鳴らしていた。

あれを見てはいけない。あれが何か、気付いてはいけない。

何故だか、無性に謝りたくて仕方なかった。

――ごめんなさい、どうか許して下さい。お願いだから、こっちに来ないで。

私を見ないで!

そう思っているのに、まるで、舌が口腔に張り付いたままのさつきの声が聞こえたかのように、あやねの首がごろりとさつきのほうを向いた。

その瞬間、これはあやねじゃない、と思った。

それは、あやねに似て非なる何かは、少女に見えた。ただしその目は白濁して、瞳孔は開き切っている。

明らかに、死んでいた。

だというのに、さつきのことを明確に見ているのだ。

底なしの暗闇をたたえた瞳はさつきを追い、その体から、どす黒い液体が流れ始める。

生臭い。血だ。

声もなくあとじさるさつきを追って、少女の死体から血があふれ、広がる。

死人の血が、壁際で逃げられなくなったさつきの爪先をひたし、生ぬるく腰を黒く染めていく。

そして、さつきのもとへ流れて来たそれは、不意に糸を引きながら空中に浮かび上がり始めた。

鎌首をもたげるようにして伸び上がった血は、するりするりと渦を巻き、繊細な花びらを四方八方へと広げる、彼岸花となった。

薄闇なのに、不思議と真っ赤だと分かる美しい花が、一輪一輪さつきを囲んで咲いていく。

音もない歌声に合わせるように花開いた彼岸花は、ぱかりと開いた瞬間から、無音のまま大声でさつきを責め立て始めた。

どうして？　何で？　どうして？

何で、どうして、どうしてどうしてどうして。

どうしてどうしてどうしてどうしてどうしてどうして。

ドウシテ？

ねえ。どうしてあなた、生きているの？

はっきりと声が聞こえた。

彼岸花の中に、少女のごとき小さな口が見える。彼岸花が喋《しゃべ》るたびに、百万の白い歯がちかちかと光った。

死ね、お前なんか死ね、死んでしまえ。

死ねと繰り返すそれは、まるで、暴風にさらされた森のようなざわめきだった。オーケストラの不協和音のような彼岸花の悲鳴が、耳の中でわんわんとこだましている。

「ごめんなさい。お願い、許して」

どんなにさつきが謝っても、彼岸花は許してくれない。

何で、どうして、死ね、死ね、とがなりたてる。

永遠に続く声から逃げたくて、さつきが耳をふさいで顔を伏せた時、視界に、泥だらけの小さな靴が入った。

それを見た瞬間に、あいつだ、と直感した。

あの死体が、さつきを糾弾するために、わざわざ歩いて近付いて来たのだ。

絶対に見てはいけないと分かっていたのに、自分の意思ではないかのように、顔が勝手に上がってしまう。

こちらを覗き込むように立つ少女の顔面は、黒のクレヨンでぐちゃぐちゃに塗りつぶされたかのように、ただただ暗い洞《うろ》が広がっていた。

＊　＊　＊

「さつきちゃん！」

軽い音と共に、視界が明るくなる。

そこには、死体も、彼岸花もなかった。

ただ、怯えきったあやねと、蒼白な顔で電灯のスイッチに手をかけた鞠香がいるのみであった。

昭和四十年　3

『×さ厳しき折、何とぞご自愛下さいますよう。』

千代子という女からの手紙で、省吾が読み取ることが出来たのは、たったそれだけであった。


清孝の家には帰らなかった。

公園のベンチで夜を明かした省吾は、店が開くのを待って喫茶店に入り、メニューの中で一番安いモーニングを注文した。

地元では食べたことのないようなしゃれたパンと珈琲《コーヒー》だったが、ほとんど味は感じられなかった。

奪い返した手紙のうち、文字を読み取ることが出来たのは、たったの二通だけだった。

そのうちの一通は『千代子』からのものであるが、これでは何も分からない。結びの文からすると、「寒さ厳しき折」か、「暑さ厳しき折」に送られたものなのだろうが、それだけだ。随分古いものなのか、煤《すす》けているという点を差し引いても、紙そのものが黄ばんでいるように見えた。

そしてもう一通は、『千代子』からのものよりも、はるかに得られる情報は多かった。清孝が何か物を送ったようで、それに対する簡単な礼状であるらしい差出人の名と、住所が丸々焼け残っていた。

差出人の名前は、桑原昭雄《くわばらあきお》。

住所は、関東圏内ではあるが、ここからどんなに急いで向かっても、着くまでに半日はかかってしまうだろう。

少し迷ったが、とにかく今日は、橋から社宅までの間に、清孝を見なかったかを聞いて回ることに決めた。それで何も収穫がなければ、葉書の住所を直接訪ねてみよう。

正直なところ、省吾の中では、昨夜の一件を通して京子に対する拭いがたい不信感が生まれていた。何度考えても、自分の主張が間違っていたとは思えないのだ。

幸い、まだ手持ちには多少の余裕があるし、稲の脱穀作業までにもまだ時間がある。

こうなったら、手持ちの金が尽きるまで、あるいは自分の納得がいくまで、とことん調べてやろうと決心した。

朝食を平らげたあと、省吾は昨日世話になった中華料理店の前に戻り、今度はそこから清孝の自宅方面に向かって一軒一軒の戸を叩いていった。するると、大通りから住宅地へ入ってしばらくしたあたりで、清孝の姿を見たという人に出会った。

その人は、霊園の前で花を売っている老婆であった。

有名な文豪が眠るこの霊園は規模が大きく、よく整備がされている。近くには神社と商店街があり、人通りも多くて賑《にぎ》やかだ。そこで商売をしている彼女は、しゃきしゃきと歯切れが良かった。

「そうそう、この人。何かおかしかったから、よく覚えておりますよ」

まだ娘さんも小さいのに、と彼女は清孝の写真を手に眉を八の字にする。

仁美のことを知っているらしい口ぶりを、省吾は意外に思った。

「兄とお知り合いでしたか」

「いいえ。でも、娘さんが一緒にいましたから」

何気なく言われた言葉に、省吾は耳を疑った。

「兄の、様子がおかしくなったその場に？」

「そうですよ」

「よその家の子ではなくて、娘で間違いないですか」

「お父さん、と言って駆け寄って行ったからね。お母さんらしき人も一緒におりましたよ」

——五歳くらいの少女と、三十代とおぼしき母親。

京子と仁美の写真があれば確認が出来たのに、あいにく、手元の写真は、清孝が一人で写っているものだ。

あのあたりに立っていたと示された場所には、道の両脇に枯れかけた彼岸花が、田舎と違いひっそりと咲いていた。

わざわざその時と同じ場所に立って貰って確認したが、二人の背格好は、京子と仁美に似ているようである。

「女の子が、お父さんと呼びかけてあちらから駆けて来たのよ。仕事帰りの父親を迎えに来たのかしらと思ったのだけど」

その場から清孝の表情を見ることは出来なかったが、彼は急にぴたりと足を止めると、鞄を取り落としたのだという。

そして、急にあとじさり、脱兎《だっと》のごとくもと来た道を戻り始めたのだ。

「最後、私とすれ違った時のお父さんの顔は、まるで幽霊でも見たみたいに真っ青でしたよ」

詳しく話を聞いても、わけが分からなかった。

今聞いた話が事実なら、清孝は、その二人と相対したことがきっかけで、自死を選んだということになる。

それが京子と仁美だったら、逃げ出さなければならない理由などあるはずがない。となると、この老婆が目にしたのが、京子と仁美だったのかが怪しくなってくる。

もし、その二人が京子と仁美でなかったとするならば、「お父さん」と呼びかけて来た少女は、一体誰だというのか。そして、その母親と思しき女は、何者なのか。

「兄が落とした鞄は、その後どうしましたか」

「さあ。よくは覚えていないけど、普通に、お母さんが拾って持って帰ったんじゃないかね」

適当な返答に、思わず省吾は唸った。

彼女の言う通り、落とした鞄は、その母親とおぼしき女が拾って行ったとする。

それが京子ならば、鞄を拾ったのは自分であることをわざわざ隠したのが不可解だし、京子でないのなら、正体不明の女が、鞄を京子のもとに届けたということになる。

つまり、京子は一度、その女と会っているのだ。

その女が誰であれ、やはり、彼女が隠しごとをしているのは間違いない。すぐにでも清孝の家に行って問いただしてやりたい気分だったが、昨夜の態度を思い出す限り、素直に答えてくれるとはとても思えなかった。

結局は当初の予定通り、あの手紙の差出人である桑原昭雄を訪ねてみることにした。駅前の商店街で昼食を済ませたあと、駅員に言われるままに切符を買い、電車に乗り込む。何度かの乗り継ぎを経て、住所の最寄りと思しき駅に着く頃には、すっかり日も傾いてしまっていた。

東京ほどではないが、省吾の家の周辺と比べれば、このあたりも十分街中と言って差し支えないだろう。

駅前には新しい商店街があり、真新しいアーケードの下は夕飯の支度前の主婦達で賑わっていた。早々に自力で探すことを諦め、最初に目に入った駐在所に入ると、すぐに目当ての家までの道順を教えてくれた。

そこで耳にした話によれば、どうやら桑原昭雄は、地元では有名な医者であるらしい。行けばすぐに分かると言われた通り、個人の診療所と聞いて想像していたよりも、そこははるかに立派な病院だった。

塀に掲げられた看板によると診療時間はすでに終了しているが、院内では、看護婦と思しき女性がまだ作業をしている。中に入った省吾に気付いた彼女は一瞬困ったような顔をしたが、先生に個人的な用があるのだと告げると、本人に取り次いでくれた。

「僕に御用と伺いましたが」

ややあって怪訝な面持ちで出て来た男は、すでに白衣を着ていなかった。年は、五十過ぎぐらいだろうか。恰幅《かっぷく》が良く、髭《ひげ》をきっちりと整えており、頭にはちらほら白髪が交じっている。その眼鏡奥の眼差しは鋭く、町医者というよりも、どこかの大学の教授とでも言われたほうがしっくりくるような風貌であった。

「突然押しかけて申し訳ありません。わたくし、山田省吾と申します」

山田清孝の弟ですと続けると、それまで、こちらを怪しむようだった表情が一変した。

「何と、山田君の弟さんでしたか」

ぱっと笑顔になれば、それまでの気難しそうな雰囲気から一転して親しみやすくなる。警戒がとけたことに内心で安堵しつつ兄が亡くなったことを告げると、桑原の顔は曇った。

「そうですか。清孝君、亡くなったのか……」

知らずに不義理をいたしましたと頭を下げられ、こちらこそ、と省吾もお辞儀する。

「兄の遺品の中から、先生とのやり取りを見つけまして。ご迷惑かとは思いつつも、どうしても伺いたいことがあり、直接やって参った次第です」

兄の生前、桑原とやり取りがあったとは知らなかったということ。

亡くなった原因が自死であるのにもかかわらず、その動機が未だ不明であること。

もしや、隠していた病気でもあったのではないかと思い至ったら、矢も楯も堪らなかったということ。

ここに来るまでに考えてきた説明をすれば、桑原は同情を示し、診療所から繋がる自宅に省吾を案内してくれたのだった。

通された客間は広々としていた。

桑原の妻は、夕飯時の急な来客にも嫌な顔一つせず、愛想良く挨拶をして、すぐにお茶を出して来た。昼からほとんど何も口にしていなかったので、出された緑茶と羊羹《ようかん》を、省吾はありがたく頂戴した。

「結論から言うがね、僕は、清孝君の主治医というわけではありません」

よって、家族に隠していた病気などを知っているわけではないのだと桑原は言う。

「では、兄とはどういったご関係で？」

桑原は、複雑そうに顔を歪ませた。

「清孝君は、僕の弟の最後の姿を見たのです」

従軍中に、と続けられ、省吾は返す言葉を失った。

桑原の家はもともと、四代前まで遡れる医者の家系なのだという。

昭雄も、弟の義雄《よしお》も、兄弟揃って医者になることが幼い頃から決まっていたらしい。

「あの頃、僕は軍医中尉でしてね。東満《とうまん》にあった陸軍病院で終戦を迎えました。丸四日間逃げ回った挙句に、牡丹江《ぼたんこう》とハルビンのちょうど中間あたりで捕虜になって、シベリアに送られました。弟は国境警備の最前線にいたはずでしたが、実家に戦死したという連絡があったきり、何があったのかも、どこで死んだのかも分からないままでした」

到底、受け入れることなど出来るはずがなかったと硬い口調で言う桑原の気持ちは、省吾には痛いほどよく分かった。何といっても当時の戦死判定は、きわめて杜撰《ずさん》なものだった。

省吾も、清孝の戦死報告書が送られてきたと知らされた際の気持ちは、今でも鮮明に思い出せる。それが間違いであり、シベリアで生きていると知った時には、喜びと同時に怒りを覚えたものだった。結局、訂正の紙切れ一枚が送られてきただけで、詫びの一つも寄越されることはなかったのだ。

あの戦死報告で、養父母がどれだけ悲しんだか、自分がどれだけ絶望したのか、いいかげんな報告をした連中には一生分かるまいと省吾は思う。

そういった状況の中、行方知れずの家族を捜す手紙を、戦友と思しき人に送ることがよくあった。家族がまだ戻らない者が、先に復員した者に「うちの息子と一緒ではなかったですか」「もし消息をご存じなら、教えてくれませんか」などと尋ねるのである。

山田の家にも度々届いていたのを覚えているが、大抵は返信、回答がしやすいようにいくつか書き込む欄が設けられていたので、往復葉書が来るたびに、それだとすぐに分かったものだった。おそらくはそれらの中に、桑原からのものも交じっていたのだろう。

「結局、弟がどうなったのか、決定的な場面を見た者はおりませんでした。ですが、頂いた返信の情報を統合するに、最後に弟の姿を見たのは、山田君達だったらしいと分かったのです。そして、僕からお願いして、その時の話をして貰ったわけです」

省吾は唾を飲む。

京子の焼いてしまったノートの記述は、おそらく、従軍中のものだ。だが生前、清孝がその時の体験談を自分に語ったことは、ただの一度もなかった。

「お差し支えなかったら、少し話して頂いても?」

桑原は最初からそのつもりだったようで、神妙に頷き、口を開いた。

清孝や桑原義雄が所属していた部隊は、一九四五年八月九日早朝、満州の国境付近の陣地構築を行っている最中に、ソ連軍の侵攻を受けた。

無防備な状況で交戦した結果、師団は崩壊し、隊は分離し、個人の判断での逃避行を余儀なくされた。

通常、軍医と一般の兵士が親しくすることはまれで、清孝も桑原義雄と特別交流があったというわけではなかった。ただ、同じ隊に所属していた軍医ということで、あとになって彼だと認識するに至ったらしい。

というのも、かろうじて中隊の体をなしていた敗走集団を軍医が抜けたのは、ある事件がきっかけになったからだった。

「敗走中の彼らが出くわした現地の人間は、抵抗するどころか、おおむね協力的だったそうです。まあ、彼らは武装なんぞしてませんから、攻撃されまいと必死だったのでしょうが」

とある現地人の一家に世話になり、近くで休ませて貰ったのだった。

ところがだ。

その一家は、部隊の者達が次に目を覚ました時には、全員死んでいた。

状況からして、隊の誰かが殺したのは明白であった。

「そうなった原因は、分かります」

桑原の口調は静かだった。

「兵士達は、逃げている最中だった。そしてその一家は、自分達の身を守るために、逃亡に手を貸した。いずれ追っ手のソ連兵がやって来て、日本兵がどちらに逃げたのかを問えば、何ら躊躇《ためら》うことなく、今度は追跡に手を貸すでしょう」

そうなれば、間違いなくこの隊は全滅してしまう。口封じをしなければならない。

そう、誰かが考えたのだ。

「理屈なら、分かりますとも」

淡々と繰り返した桑原の顔は、しかし納得しているようにはとても見えなかった。

「自分の身を守るためだった。自分の仲間を守るためだった。分かります。理解出来ます。でも、仮にも恩を受けた人達に対し、どうしてそんな非道なことが出来たのかは、僕にはこれっぽっちも分からない」

苛立たしげに大きく息を吐くと、少し冷静になったようで、「うちはキリスト者《しゃ》なんです」と桑原は少しだけ笑った。

「幼い頃から、医師になるのは、愛と奉仕の精神によって、人の命を救うためだと教えられて育ちましてね。シベリアでは、同じ抑留医師だったドイツ人に馬鹿だと言われたこともある」

俘虜《ふりょ》なのだから、強制的に働かされるのは仕方がないが、お前は好きでソ連人の世話まで引き受けているように見える、と。

「信念はないのかとね。それでも懲りずに、ソ連兵だって、日本兵と全く同じように診てやりました」

それこそが、信念だった。今でも、自分は間違っていたとは思わない。だからこそ、血まみれの満州の一家を目の前にした弟が何を思ったのか、自分はよく分かるのだと桑原は呟く。

――今日ほど、己が日本軍の軍医であることを恥ずかしく思ったことはない。恥を知れ！

それが、桑原義雄が最後に残した言葉となった。

彼は烈火のごとく怒り、そして一人、隊から離脱していったのだ。

「その後、弟がどうなったのかは分かりません。弟はロシア語も少し分かったから、もしかしたら、今でもどこかで元気にやっているのではないかと夢想したりもしました」

そう語り、どこか遠くを見るようにした桑原はどうにも切なそうだった。

「動機はともかく、軍規を無視して逃亡したのに違いありませんし、何たって最後の言葉が言葉だ。すっかり日本に愛想を尽かして、ソ連あたりで医師を続けていたりするんじゃないかと」

夢物語だと、桑原自身も分かっているのだろう。彼は自嘲気味に笑うのみであった。

そうだったら良いですねと省吾が返しても、私だって弟の立場なら同じ行動を取
「まあ、生きて帰れないと分かっていたとしても、私だって弟の立場なら同じ行動を取ったでしょう。非武装の民間人を一方的に殺すなんて、本当に、つくづく愚かな真似《まね》をしたものです。当時としても、明確な戦時国際法違反だ。仮にも士官がやることじゃない」

近視眼的にもほどがあると吐き捨てた桑原に、省吾は目を瞬いた。

「誰がやったか、分かっているのですか」

ああ、とふと冷静になり、桑原は頷いた。

「清孝君の他にも、同じ隊だった人から話を聞いたのですが、みんな同じ人物の名前を挙げました。弟には分からなかったみたいですがね、流石《さすが》に、付き合いの長い部隊員の間だと、自然と誰かは知れたようだ」

中村《なかむら》という軍曹がやったのだろうと、生き残った兵士達の間では囁かれていたらしい。

「死んでしまった人のことなので、あまり悪くは言いたくないようでしたが、この男がもう、普段から相当な乱暴者だったようでして。本人は口を濁していましたが、清孝君も、随分ひどい目に遭わされていたみたいですよ」

中村という男は生え抜きの軍人で、清孝の最初の訓練で教官を務めていたらしい。

「大学生は、徴兵されただけでもう士官候補になってしまうわけでしょう？　下っ端から長く在籍して、こつこつ昇進していった者からすれば、大学に入って兵役を逃れていた挙句に一足飛びに偉くなっちゃって、面白くなかったんじゃないかなあ」

軍人として優秀な男だったのかもしれないが、その分、学生を軟弱者だと思って馬鹿にしていたのだろう。彼らが持って来ていた本を取り上げて意味なく燃やしたり、取り巻きに命じて折檻《せっかん》させたりしたという。

「知性もなければ、品性の欠片《かけら》もない。いかにも、蛮行をしでかしそうなもんだ」

忸怩《じくじ》たる思いがあるのだろう。それまでにない暗さを含んで吐き捨てた桑原は、自分の言葉にはっとすると、いささかばつが悪そうに頭を掻いた。

「清孝君と話したことについて、僕からお教え出来るのは、これくらいだね」

お力になれず申し訳ないと言われて、省吾は「とんでもない」と手を振った。

「兄からは従軍中の話を聞いたことがなかったので、興味深く拝聴いたしました」

ついでに、清孝の口から『千代子』という女性の名前は出たことはなかったかを尋ねると、桑原は首を捻った。

「下の名前だけですか？　苗字は」

「あいにく、分からないのです。どうも、この方とも手紙のやり取りがあったようなのですが」

桑原は低く唸る。

「彼とはそれから何度かやり取りをしたけれど、ご結婚された時に奥方の話を聞いたくらいで、他に女性の名前は聞かなかったなあ」

あとは娘さんの名前くらいかと言われ、やはりそうかと思う。

清孝は、京子を大事にしていたし、仁美を溺愛していた。ここでも、それは覆らなかった。

「何なら、清孝君と仲が良かったという男を紹介しようか」

思いがけない桑原の言葉に、省吾は食いついた。

「そんな方を、ご存じなのですか」

「彼も同じ部隊にいて、弟の話をしてくれたんです。徴兵される前は大学生だったとかで、清孝君とは親しくしていたらしい」

「是非、お願い申し上げます」

桑原は頷くと、真っ暗になった窓の外を見て言った。

「今日は、泊まって行きたまえ」

平成三十年　4

幼い頃、布団に入ってから眠りに落ちるまでの少しの時間が、さつきはとても恐ろしかった。

何故なら、お誕生日とクリスマスとお正月以外、夜の世界はオバケでいっぱいだったからだ。

壁にかけてあった天狗《てんぐ》のお面が、急に大声を出しそうで怖かった。

箪笥《たんす》の上に飾られた日本人形はカタカタと首が伸びそうで怖かった。

天井には顔の形をしたシミがあって、そこからにゅっと飛び出して来るのではないかと怖かった。

しかしそう言うと、必ず母はさつきを優しく抱きかかえてくれた。

「大丈夫だよ。お母さんがついていれば、怖いことなんか何もないよ。オバケなんて、お母さんがやっつけてあげるからね」

その声が、子守唄の代わりだったのだ。

布団の中で、母の肌がぬくまった匂いに包まれれば、奴らはこちらに手出し出来なかった。母は最強で、そんな母に守られたさつきは、いつだって安全だった。

そういえば、母がおかしくなってしまってから、自分はどうやって眠りについていたのだろう。

どうにも思い出せないが、大きくなるにつれて、さつきをあんなに恐れさせたオバケ達は、みるみるうちに怖さを失っていったのは確かだ。

天狗のお面も、日本人形も、天井のシミも、いつしか、全く怖くなくなっていた。ただの気のせい、くだらない思い込みだと、一蹴出来るようになっていた。

でも本当は、見ないふりをしていただけで、怖いものは相変わらずそこにいたのかもしれない。


だってそれは、どこにでもいた。

気のせいなどではない。見間違えでも、ましてや思い込みなどではあり得ない。さつきがどこに逃げても関係なく、それはどこまでも追って来た。

あれに襲われた後、堪らず、さつきは大樹の家から逃げ出した。

あやねや、鞠香がどうしていたのかも覚えていない。とにかくここから逃げなければと必死で、何も持たずに夜の街へと飛び出したのだ。

東京の夜は明るい。

大通りは色とりどりの看板と街灯に照らされ、酔っ払った学生達が大きな笑い声を上げていた。いつも通りのはずなのに、明るい街灯と街灯の間の闇は、いつも以上に色濃かった。

随分走って、もう一歩も歩けないと思った頃、ようやく足を止めた。その途端、どうして、と囁くような声が耳元で聞こえた。

はっとして息を詰めると、ビルとビルの隙間の暗闇に、青っぽい服を着た人影が浮かび上がっている。

死人の、乾いて白濁した目が、恨めしげにさつきを見据えていた。

どうして、と、さっきよりもはっきりと声がした瞬間、ぼたぼたと、何かが落ちる音と共に、暗闇の奥で得体の知れないものが動くのが分かった。

ゴミが落ちて薄汚れた道の上を、半分固まったような血が広がっていき、アスファルトが赤黒く染まっていく。そこからにゅるりと伸びた彼岸花は、痙攣《けいれん》するように花開くと、白い歯をこぼして叫びだすのだ。

ねえ、どうして？

甲高く、耳障りなのに甘ったるくまとわりつくような声。まるで、千匹の子猫が一斉に鳴いたかのような声だった。

ずるずると音がして、暗闇の中から何かがこちらに向かって来るのを認めたさつきは、再び、悲鳴を上げて駆け出した。

逃げなければ、逃げなければと必死で、もはや自分でも、どこをどう走っているのか分かっていなかった。

息が切れ、躓《つまず》いて倒れ込み、そのまま動けなくなってしまった。

「もしもし。おねえさん、大丈夫ですか」

どれくらい経ったのか、人の声がして我に返る。

顔を上げると、心配そうにこちらを覗き込んでいたのは、警察官だった。

ここはどこですか。家に帰りたいんです。変なものに追われていて。

訴えたいことはたくさんあるのに、一つも声には出せない。

瞬きした瞬間、こちらを覗き込む警官の顔が、ずるりと融《と》けたからだ。警官の腐った皮を脱ぎ捨てるようにして中から現れたのは、蒼褪《あおざ》めた少女の死に顔だった。

ねえ、どうして？

ぽとり、と腐り落ちた眼球が自分の顔にぶつかった瞬間、さつきは何も分からなくなってしまった。

＊　　＊　　＊

怖いよ、もう嫌だよ。

「大丈夫だ」

もう家に帰りたい。

「心配するな。ちゃんと帰れる」

お母さんに会いたいよ。

「お母さんは、今もちゃんと、さつきのことを見守ってくれているよ」


そこで、はたと目が覚めた。

最初に見えたのは、白い天井だ。

次いで、自分の横たわるベッドを囲む薄い黄色のカーテンと、すぐ隣に座る人影が視界に入った。

「さつき。気が付いたか」

優しい声で話しかけて来るその姿に、小さく声が漏れる。

「お父さん……」

「そうだ。お父さんだよ」

気分は悪くないかと問われ、返答に詰まる。

夜の街で見た光景が、一気にフラッシュバックした。

声が出ない。カチカチと歯が鳴る。

そんなさつきの姿を見た父は、大丈夫だ、と落ち着いた声で繰り返した。

「ここは病院だ。一回、しっかり先生に診て貰おうな」

明るい室内に、暗い影が一つも見えないことを確認し、急に力が抜けた。

「怖いものを見たの」

「ああ」

「お父さん、どうしよう。あれ、幻覚なんかじゃないよ」

「大丈夫だ。お父さんがついてる」

怖いことは何もないと、再び力強く断言する父を前にして、さつきは再び意識を失った。

*　*　*

兄の家を飛び出したさつきは、警察官に声をかけられた直後に失神し、救急車で病院に搬送されたらしい。

寝間着姿で、身元を特定出来るようなものは何も持っていなかったが、鞠香が警察にも連絡をしてくれていたので、父のもとへすぐに連絡がいったのだ。

病院で検査をしたさつきに、悪いところは何も見つからなかった。だが、真木に言われた一週間を待たずして、投薬治療が始まった。

さつきはもう、自分の見ているものが幻だとは思えなかった。

自宅に帰っても、相変わらずあれはさつきを追って来た。まるで何かの箍《たが》が外れたかのように、一日のうちに、何度もさつきに襲い掛かって来るのだ。

トイレに行くために部屋を出れば、いつの間にかすぐ傍に追って来ている。目をつぶっても、気配を常に感じる。がなりたてる声に堪らず耳をふさいでも、それが聞こえなくなることはない。布団を被り、気を失うようにして眠りに落ちても、ふと目を覚ました瞬間には、あれはさつきの顔の数センチ前まで迫り、じっとこちらを見つめている。

もはや、何が幻覚で、何が現実なのか、その境も曖昧になり、バイトに行くことも出来なくなってしまった。

娘までおかしくなったと知ったらどれだけ悲しむだろうと思っていたが、父は思いのほか冷静であった。

「お前は悪くない。今までずっと頑張ってきたのだから、心置きなく休みなさい」

さつきに代わり、バイト先に事情説明をしてくれた父は、そう言って頭を撫でてくれた。

一体何年ぶりか、まるっきり子ども扱いをされて、涙が出るくらい安心した。

そういえば、母がいなくなったあとは、しばらく父が一緒に寝てくれたのだということを、さつきは今になって思い出したのだった。

父は、さつきがどんなにおかしなことを言っても、それを否定しなかった。

恐ろしいものを見たと言えば「怖かったな」と頷き、誰かに死ねと罵倒されたと言えば、「大丈夫だ。お父さんが守ってやるからな」とさつきの不安を真正面から受け止めた。

頭ごなしに否定するのではなく、まずはさつきの気持ちに寄り添おうとしてくれることに、今は何よりも救われる心地がする。

こうして、自分が兄と同じような状態になってみると、兄があれほど自分を嫌がっていた理由が初めて分かった。

それが治療法なのだからと疑わず、さつきは大樹に対し、「見間違えだ」「変なものなどいない」と言い続けてきた。

だが、本人にとって、それは確かにいるのだ。

兄はあの時点で、もう十分に頑張っていたのに、自分はそれをちっとも分かっていなかった。

後悔しきりだったさつきが初めて大樹に謝れたのは、皮肉にも、さつき自身があれに襲われている最中のことであった。

父が仕事でいない日中、トイレから自室に戻るまでの間に動けなくなったさつきに気付き、大樹が駆けつけてくれたのだ。

「目を閉じて、俺の声をよく聞くんだ」

——お前は今、廊下に座っている。周囲に変なものは何もない。落ち着いて深呼吸しろ。

さつきよりも先におかしなものを見るようになった大樹は、逆を言えば、そうなった時の対処法に関して、さつきより一日の長があった。

座り込み、泣きじゃくるさつきの背中をさすりながら、ゆっくりと声をかけ続けた。

それまで、変なものを見た時には気絶するほかになかったのだが、大樹の声を聞いているうちに、さつきは気味の悪い花畑からいつもの自宅に帰って来ることが出来た。

正気に戻り、心配そうにこちらを覗き込む大樹の姿を認めた瞬間、さつきの目から自然と涙があふれた。

「ごめん、お兄ちゃん」

消え入りそうなさつきの言葉を聞いた大樹は、怪訝そうだった。

「何？」

「私、お兄ちゃんが辛い時に、無神経なことばっかり言ってた」

たとえ実体がなかったとしても、それが見えている、感じられているのは確かであり、本人にとっては存在するのと何も変わらない。

幻覚だろう、見間違えだろうとあっさり言われて、「そんなことはない。確かに自分は見たんだ」と叫び出したくなる気持ちが、今なら痛いほどよく分かる。

思えば自分は父と異なり、もっと頑張れ、家族のために早く治せと、一方的に兄をせかすばかりだった。「一番辛いのは本人だ」などと口では言っておきながら、それの意味するところにまで、全く考えが及んでいなかったのだ。

ひどいことを言ってごめんなさいともう一度伝えると、大樹はまじまじとさつきを見返した。

「別に、構わないよ。俺だってこうなるまで、母さんの気持ちを分かってあげられなかったしな」

結局、お前も同じ穴の狢《むじな》になっちまったなあと、大樹は悲しそうに言う。

同じ穴の狢になって、ようやくお互いに胸襟を開けたというのは皮肉であるが、それでも、理解者がいるということは心強かった。

座り込んだまま「喉が渇いた」と呟くと、大樹は「俺もだ」と言って苦笑した。

台所でお茶を淹れ、リビングに移動したが、その間、おかしなものを見ることはなかった。

さつきは、部屋から出るのも恐ろしくて、家に引きこもってからはペットボトルの冷たい水ばかり飲んでいた。自覚しないうちに、体は冷え切っていたらしい。

砂糖とミルクをたっぷり入れたあたたかい紅茶は、それだけで驚くほどさつきの気持ちをやわらげた。

「お兄ちゃんは、どんなものを見るの」

「うん？」

血の気のない顔で珈琲を啜《すす》っていた大樹は、おそらくは疲れによって腫れぼったくなった目を瞬いた。

「考えてみたら、そういう話をちゃんと聞いたことなかったなあと思って。何が見えるかとか、見えるようになったきっかけとか」

さつきが積極的に聞きたがらなかったせいもあるが、大樹自身、自分からそういった話をしようとはしていなかったように思う。

さつきはマグカップを抱きしめるようにしてソファーに身を沈ませた。

「言いたくなかったら、言わなくて良いんだけど」

「別に、言いたくないわけじゃないんだが。あんまり、聞いて気持ちの良い話でもないしな」

大樹はどこか困ったように言い、珈琲を口にする。

「俺の場合、自分がおかしいってのにはすぐ気が付いたから、あまり、人に話そうって気にはならなくて」

お前だってそうじゃないのかと聞かれ、さつきは思わず俯いた。

「ごめん」

「だから、謝らなくていいって」

まあ、今のお前なら構いやしないかと呟き、大樹は手元のカップに視線を落とした。

＊　＊　＊

最初にあれを見たのは、忘れもしない九月の下旬、一週間の海外研修から戻って来た夜のことだった。

大人にとってはたったの一週間だが、あやねにとっては、とてつもなく長く感じられたらしい。家を出る時、泣いて見送った彼女は、帰って来た父親を見て大喜びし、初めて手作りしたというカップケーキで「お帰りなさいパーティー」までしてくれたのだ。

大樹にとっても、一週間ぶりに見る娘はそれだけで随分大きくなったように感じられ、鞠香に笑われるほど涙ぐんでしまった。

妻と娘の料理は、贔屓目《ひいきめ》であったとしても美味《おい》しかった。秋口の空気はやわらかく、窓の向こうからはほのかに金木犀《きんもくせい》の香りがしていた。

食事のあと、あやねが保育園で覚えてきたダンスを、うろ覚えの歌に合わせて三人で踊った。調子外れの大樹の歌にあやねと鞠香は腹を抱えて笑い、最後はダンスではなく鬼ごっこになってしまった。

遊び疲れたあやねが眠そうにし始めた頃、歯を磨き、いつも通り親子三人で横になった。

幸せな夜だった。

妻と娘の手料理で満腹で、出張と寝る直前の大騒ぎで、体はくたくただった。おそらく、電灯を消したのは鞠香なのだろうが、それすらろくに覚えていない。

だが、深夜になって目が覚めた。

夕食後、ケーキと一緒に珈琲を何杯も飲んだせいか、トイレに行きたくなったのだ。その時は何も感じなかったが、用を足し、寝室に戻って来て違和感を覚えた。

常夜灯のささやかな光のもと、静かに寝入っている妻子を見て、「自分はこの光景を知っている」と思ったのだ。

稲妻のように閃いたそれは、自分でもわけが分からなかった。

知っているも何も、毎晩のように見ている光景なのだ。唐突に舞い下りたインスピレーションを訝《いぶか》しく思ったが、デジャヴュは疲れている時に起こりやすいとも聞く。さっさと寝ようと布団へと向かった。

すこやかな寝息を立てる二人を起こさないよう、極力音を立てないようにそっと布団に戻り、小さく息を吐く。そして、寝やすい姿勢をとろうと、何気なく寝返りを打った。

顔の前には、ぽっかりと目を見開いた、少女の死に顔があった。

＊　　＊　　＊

「血まみれで、死んでいるのは、一目瞭然だった」

大樹は、その時の恐怖を反芻《はんすう》するように密やかな声で語り続ける。

「でも、俺の声に驚いた鞠香が電気を点けたら、そこには、びっくりした顔のあやねしかいなかったんだ」

その時は悪かった、寝ぼけていたと平謝りしたが、悪夢はそれで終わりとはならなかった。

それ以来、寝ていると、あの死体が近付いて来る気配を感じるようになった。あれはあやねではないのは分かっているのに、どうしても、家に帰ろうと思うと足が竦《すく》んだ。

「俺は、あやねが怖い」

顔を覆い、大樹は呻く。

「何で、自分の娘を怖がらなきゃならないんだ。俺だって嫌だよ。でも、怖いものは怖い」

怖いんだ、と打ちのめされたように繰り返す。

なるべく家に帰らずにいたものの、すぐに、家以外でも少女の死体は見えるようになってしまった。

「しかも、逃げようとすると、変な花まで行く手を阻むようになってな。俺って、意外とメルヘン趣味だったみたいだ」

花がしゃべって動くって、なあ、ひどいもんだろ、と大樹は疲れ切った顔で自嘲する。

しかし、さつきは少しも笑えなかった。

「彼岸花じゃない？」

「何？」

出した声はかすれている。大樹は、不審そうにさつきを見た。

「お兄ちゃんが見た花。彼岸花じゃないの」

「彼岸花って、どういう花だ」

「知らないの」

「花にはあんまり興味がなくて」

口で説明するのももどかしく、スマホで検索した画像を見せると、大樹は驚いたように何度も頷いた。

「そうだ、この花だよ。でもお前、どうして」

不思議そうな大樹に何から説明したら良いのか、咄嗟に判断がつかなかった。

「だって、同じなんだもん」

「同じって、何が」

「私が、私の見えてるものと、お兄ちゃんが見えてるもの」

――少女の死体と、彼岸花。

「私も、同じものが見えるの」

沈黙が落ちた。

その言葉の意味を理解するに従い、大樹の顔から徐々に表情が抜け落ちていく。

「そんな馬鹿な。こんな時にふざけるのはよせ」

低い声で怒るように言われ、さつきは夢中でそれを否定した。

「私、ふざけてなんてない！　何だったら、主治医の先生に聞いてよ。何が見えているか、先生には細かく伝えたもの」

「じゃあお前、父さんから、俺に何が見えているか聞いたんじゃないのか」

それで影響を受けたのだろうと疑われ、違う違うとさつきは強く首を横に振った。

でなければ今日、何が見えているかわざわざ聞いたりしていない。

「信じてよ。お兄ちゃんにこんな嘘ついたって、私に得なんて何もない」

「じゃあ、偶然だっていうのか？　それにしちゃ出来すぎだろう」

何かがおかしい。

段々と、自分達の言っていることの意味するところに思考が及んでいく。

「……私達って、本当に病気なの」

お互いに、何を幻視しているのかは知らなかった。ただの病気であるならば、偶然、見えるものが共通するなどあり得ない。

それなら、考えられることは一つだ。

「俺達が見ているものは、実在するってことか？」

その時さつきが感じたのは、自分はおかしいのだと認めた瞬間とは、全く異なる絶望だった。

待って、と悲鳴のような声を上げる。

「じゃあ、お母さんは？　お母さんが死んだのって、本当に自殺だったの」

大樹は答えない。

互いに蒼白となった顔を見合わせていると、ガシャンと、玄関の鍵が開く音がした。

昭和四十年　4

翌朝、朝食まで馳走になった省吾は、重々礼を言ってから桑原の家を辞した。紹介された鈴木《すずき》の家に着くまでには、電車を乗り継ぎ、二つの県を越えなければならない。

車窓から見える景色は市街地からどんどん遠ざかり、目的地に近付くにつれ、緑が多くなっていった。山の間を抜け、橋を渡り、ようやく到着したその駅は、見渡す限りの田んぼに囲まれていた。

すでに稲刈りは終わっており、駅のホームに降り立つと、行き場を失ったバッタが一匹、勢いよく省吾の足にぶつかって来た。

桑原が先方に話を通してくれたおかげで、最寄りの駅まで行けば迎えを寄越してくれる手はずになっていた。探す間もなく、無人駅の改札を出た先に、真新しい青いトラックが止まっていた。

トラックの主もすぐにこちらに気付いたようで、運転席から降りて歩み寄って来た。

「あんたが山田さんですか」

声をかけたのは、三十代とおぼしき男だった。

日に焼けた顔に、少しばかりの出っ歯がやけに白く感じられる。草の汁が飛んだ痕跡のある服の香りは省吾にも慣れ親しんだもので、肩まわりの筋肉のつき方を見るにつけ、おそらくは同業者なのだろうと思った。

「そうです。ご足労をおかけしまして」

「遠いところをよく来なすったね」

電車が定刻通りで良かったと破顔したのち、助手席に乗るよう促される。

家に向かうまでの車中で聞いた話では、彼は、清孝の戦友であるという鈴木正史《まさし》の義弟であるらしかった。

「義兄《にい》さんの実家は、空襲で焼けちゃってね。幸い、家族は無事だったんだけど、行き場がなかったんで、一時期うちで面倒を見ていたんだ」

その後、町に出て仕事をしていたが、真面目で働き者であることを気に入った姉が嫁入りしたのだという。

「でも、最近じゃ働き過ぎて体調を崩しちゃって。療養のために、こっちに戻っているんだよ。まあ、田舎だから部屋は余っているし、両親も姉さんが帰って来て喜んでいるしね。ゆっくり治していけばいいさ」

到着したのは、昔ながらの豪農らしい、古くて大きな家だった。建て替える前の山田の家によく似ており、どこか懐かしいような気持ちにさせられる。

案内された鈴木の部屋は、離れであった。

通された瞬間に目に飛び込んで来たのは、部屋の至るところに立てかけられた水彩画である。そのほとんどは、山や川など、このあたりの自然を描いたものと思われた。

水彩画に囲まれた部屋の真ん中の椅子から立ち上がった鈴木正史は、療養中であると聞いて想像していた姿と、おおむね違わぬ姿をしていた。

すなわち、細面にひょろりとした体格で、顔色が悪い。

良く言えば優しそうで、悪く言えば気弱そうな面持ちに、ふちの細い眼鏡をかけている。

部屋の中央に置かれたテーブルに落ち着き、お互いに挨拶をしていると、妻とおぼしき女がお茶を持ってきた。

おしゃべりだった弟と異なり、どこかつんけんした印象の女である。だが、桑原の家の近くの八百屋で購入したバナナを差し出すと、わずかに頬を緩ませた。

「これはどうも、ご丁寧に。ごゆっくりなさって下さい」

薄い紙に包まれたバナナをしっかり抱え、そそくさと退出して行く。

「家内が無愛想で、すみません」

「いえ、そんな」

「ああ見えて、優しいところもあるんですが」

何となく居心地悪そうな鈴木に、話を逸らそうと省吾は部屋の中を見回した。

「鈴木さんは、絵をお描きになるのですね」

「下手の横好きですよ」

そう言った顔は、いかにも照れくさそうだ。穏やかな口調もあいまって、根拠もなく、彼とは気が合いそうだと省吾は思った。

「お兄さんのこと、誠にご愁傷様でした。まさか、彼に先を越されるとは」

鈴木は複雑そうだったが、清孝の従軍中のことを教えて欲しいと頼むと、桑原からあらかじめ話を聞いていたのか、快諾してくれた。

「最初の訓練から、僕は山田君と同じ組におったのです」

終戦後数年はシベリアに抑留されていたが、清孝とは違う収容所だったので、長らくお互いの消息は分かっていなかった。だが、復員してしばらくしたのち、同隊の者で集まる会が開かれた。そこで再会して以降、連絡をとりあっていたのだという。

「僕も彼も、古参兵達からまあひどい目に遭わされましてね。同じような境遇なもんだから、結局、一番仲良くなったんじゃないかな」

「桑原先生からも、少し伺いました」

本を燃やされたり、折檻を受けたりしたそうですねと言うと、鈴木は「そうなんです」と勢いづいた。

「本を燃やされたのはまさに山田君だったのですが、あれは本当にひどかった。出征する時、恩師から渡されたものだったとかで、とても大事にしていたのに」

本の内容に問題があるわけではなかったし、それを読んでいた時も、自由行動が許された時間帯だった。それなのに、教官は清孝が本を読んでいることに腹を立て、それを取り上げてしまったのだという。

「呼び出しを食らったあと、目の前で本を破かれた上、燃やされちまったんです。山田君はその後も、随分と根に持っているようでしたよ。それまで、その教官には親しみを覚えていた分、失望も大きかったんでしょう」

省吾は思わず耳を疑った。

「兄が、その教官に親しみをですか？　失礼ですが、その教官というのは、中村という軍曹ではないのですか」

自分の思い違いだったろうかと思って問うたが、鈴木はそれにあっさりと首肯を返した。

「そうです。中村軍曹です」

桑原先生はそんなことまで話したのですねと、鈴木の歯切れは妙に悪い。

「どういう話を聞いたかは知りゃあしませんが、中村軍曹は、優秀で人柄も良かった。本を焼かれてしまうまで、山田君はむしろ、中村軍曹のことを慕っていましたよ」

清孝の持っていた本を焼いたのは、かの軍曹で間違いない。

だが、清孝や鈴木を折檻したのは軍曹におもねろうとした古参兵であって、軍曹本人の命令でやったわけではないのだと彼は語る。

「中村軍曹も、町へ行く時の帯同に山田君をよく指名していました。あの人も、あの人なりに彼を可愛がっていたんじゃないかなぁ」

だからこそ余計に、ああいう理不尽をされたことが許せなかったんでしょうと鈴木は溜息を吐く。

桑原から聞いていた話とあまりに違う印象に、省吾は戸惑いを隠せなかった。

「意外でした。もっと極悪非道な人だったとばかり」

助けてくれた満州の一家を殺したのもその人なんでしょう、と躊躇《ためら》いながら尋ねると、鈴木は途端に痛みを堪えるような表情になった。

「それに関しては、おっしゃる通りです。山田君も、非常にショックを受けていたようでした」

桑原と異なり、鈴木は己自身が、その一家に助けられている。事件のことを話す口ぶりは、桑原とは比べものにならないほどに重かった。

「当時、我々の所属していた部隊は、壊滅状態になっとりました。皆、命からがら、逃げるのに必死だった」

負けるって言っても、そりゃ、当然なんだけどねえと、乾いた笑い声を上げる。

「ソ連兵は、我々の十倍もいたんですよ。しかも、あっちは最新式の戦車に自動小銃に迫撃砲まで装備していたのに、こっちは戦車もなければ、弾丸もない。部隊長も、戦死したり自決したりで、状況が分かっているはずの上官も、どんどんいなくなってしまった」

逃げ出した林道は、悪臭が立ち込め、敵も味方も関係なく、あちこちに遺体が転がっていたという。

「敵の死体を見てもね、不思議なくらい、憎いとは思わないんですよ」

鈴木の口調は、あくまで淡々としていた。

「人間の体って、一番やわらかい部分から先に鼠とか虫とかに食われていくから、目玉の部分だけぽっかり空いちまうんだ。あれは、何度見ても慣れなかったなぁ」

たくさんの目玉のない屍《しかばね》の中を、全体の状況も先行きも分からぬまま進むしかなかった。武器弾薬どころか、命を繋ぐための食糧すらほとんどなく、みんな空腹で、疲れ切っていた。

そんな時、道から少し奥まった場所に、崩れかけた小屋を見つけた。

「それこそが、件《くだん》の一家が暮らしていた家でした」

散り散りになった部隊のうち、何人がそこにたどり着いたかは分からない。

だが、助けを求める日本兵に応え、彼らは水を汲み、自分達の食糧も分けてくれたのだった。

「彼らは可哀想に、怯え切っとりました」

鈴木の声が震えた。

「きっと、手を貸さなければ殺されると思ったんでしょうが、水を少し貰えただけでも、本当にありがたかった」

一家の中には小さな女の子もいて、物陰から不安げにこちらを見ていた。

それがあまりに不憫《ふびん》で、怖がらせるのが申し訳なくて、鈴木は小さく手を振って見せた。すると、その子ははにかみながらも、ちょっと微笑んでくれたのだ。

結局、その日は一家の小屋の近くで、野宿することになった。

夢も見ずに泥のように眠った翌朝、遠くから響く怒号で目が覚めた。何ごとかと思い、だるい体を引きずるようにして声のするほうに向かった鈴木は、木々の間から漏れる朝日に照らし出された光景に、息を呑んだ。

崩れかけた小屋、その前にほんのわずか空いた土地に、薄汚れた服を来た四人がばらばらに倒れ臥している。

彼らは全員、体から血を流して事切れていた。

昨日、ほんのわずかに笑ってくれた女の子も、ビー玉のような目を見開いたまま、地面に無造作に転がっていた。

――どうしてこんな、むごいことを！

誰がやった、と顔を真っ赤にして怒る軍医に対し、名乗り出る者は誰もいなかった。

「実際は、夜中に起き出して、あの一家の小屋のほうに向かって歩いて行った中村軍曹を見た者も、そののちに銃声を聞いた者も、何人かおったわけです」

鈴木の声は密やかだった。

「中村軍曹は今に至るまで復員されていないのですが、僕は復員後の戦友会の席で初めて、あれをやったのは彼だということを教えて貰いました」

一家を殺害したのは、中村軍曹に間違いない。だが当時、それを指摘する者はいなかった。

「幸か不幸か、僕は気付きゃしませんでしたが……もし、知っていたとしても、あの軍医の問いには答えられなかったんじゃないかと思うのです」

もしあのまま一家を見逃していたら、すぐにソ連兵に追いつかれていたかもしれない。そうしたら自分は今、ここにはいないかもしれない。

誰も責められる立場になかったから、何も言わなかった。

桑原義雄が去ったあと、空き地のあちこちに転がる遺体を並べ、手を組ませ、そっと瞼《まぶた》を下ろし始めたのは、他でもない清孝だったという。

弔ってやろうにも、そんな時間も装備も残されていなかったので、せめてこれだけでも、と思ったのだろう。

鈴木も清孝にならい、彼らを並べる手伝いをした。

小さく、痩せこけた一家を空き地に並べ終えたのち、自己満足だと思いながら、手を合わせた。

横たわる一家をじっと見つめる清孝の横顔は、ひどく張り詰めていた。

「念仏は唱えられなかったけど、すまない、すまないと、何度も呟いていました」

僕達が来なければ、彼らは死なずに済んだ。直接手を下さなかったとはいえ、その場にいた全員が、同じように思っていたはずですと鈴木は語る。

「桑原先生が聞いたら、きっと怒るでしょう。でも、自分らはただ、生きて帰らなければならなかったんだよ」

自分の家族が待っているんだからと言って、鈴木は手で顔を覆った。

「無事に生き残った我々に、中村軍曹を責める資格なんざありゃしないんだ」

罪深いこと、許してはいけないことであるのは間違いない。だが、それがなければ、自分はここにはいなかったかもしれないのだ。

「中村軍曹を恨んでいたはずの山田君ですら、同じことを言っとりました」

同部隊だった者に、あれをやったのは中村軍曹だと教えられた直後のことだ。

久しぶりの再会を祝し、二人で飲み直していた席で、清孝は沈鬱な面持ちで、やるせなさそうでありながら、それでも怒りを隠し切れないように語ったのだ。

もし、自分が中村軍曹の立場だったらどうだったかを考えてみろ、と。

周りにいるのは、自分が指導役を務めた初年兵ばかり。自分がしなければ、隊が壊滅してしまう。戦友の命を救えるとしたら、自分しかいないという状況にまで、中村軍曹は追い詰められていた。

確かに、どう考えても褒められたことではない。むごいことをしたとも思う。しかし、中村軍曹の行為によって命を永らえたのもまた、確かなのだ。彼は、自分達のために、なすべき責務を果たし、その罪を一手に引き受けてくれた。

それなのに、多大なる恩を受けた張本人達が、全ての危険が去った今になって、週刊誌のゴシップ記事のような扱いで彼を語るのはどうかと思う。他の誰が聞いても非難する行為であるからこそ、命を救われた我々だけは、中村軍曹に感謝し、彼に味方しなければならないのではないかと、苛立たしげに清孝は力説したのだ。

それを聞いていた省吾の眼裏に、兄が復員した時の光景が鮮やかに甦った。

父母と省吾の三人で、駅まで迎えに行った日のことだ。

清孝が生きていると知ってから、毎朝、仏壇に向かって熱心に手を合わせていた母は、列車から降車した彼を見つけると、号泣しながら駆け寄り、声もなく抱きしめた。父は目に涙を溜めながら、何度も頷き、「よう帰って来た」とただただ繰り返した。

長く子の出来なかった父母にとって、清孝がいかに大切な存在であったか。養子だった清孝が、養父母をどう思っていたのか。

それまで、どこか養父母との間に釈然としないものを抱えていた省吾がそれを思い知り、ようやく腑に落ちたのが、その瞬間であったのだ。

省吾に気付いた清孝は顔をくしゃくしゃにして、ただ「ただいま」と言った。

その一言には、万感の思いが込められていた。

僕は、山田君の言葉に、否定も肯定も返せなかった、と鈴木は言う。

「大切な人が、自分の帰りを待っている。同じような立場の者が、自分の下にも大勢おる。己と、仲間の命を救えるのは己だけ。そういう状況だったならばと、自分の身に置き換えて考えてみてくれたまえ」

省吾君、と鈴木が呼びかける。

「もし君だったら、どうする？」

省吾は唾を飲もうとしたが、口の中は乾いており、何とも声は出てこなかった。

しばし見詰め合ったのち、ふっと鈴木は瞳を揺らす。

「申し訳ない。変なことを言ったね」

こんな話をすると、とんでもない奴だと思われてしまうかもしれないけど、と声を詰まらせる鈴木に、「いえ」と省吾は静かに否定した。

「おっしゃりたいことは、分かるつもりです。俺も、満州から引き揚げて来たので」

ちょうど同じ頃、あの地にいたのだと告げると、鈴木は瞠目《どうもく》した。

「あの頃、何度も、引き揚げる途中の開拓団の人と出くわしました」

何もしてあげられませんでしたが、と言う鈴木に、省吾は「何かをしてくれた人もいたようですよ」と返す。

同じ避難民だった仲間から聞いた話では、自分の持つわずかな食糧を分けてくれた兵士もいたということだった。

正直なところ、関東軍について、良い噂《うわさ》ばかりを聞いたわけではない。

まだ避難民が残っているのに、追撃から逃れるため橋を焼いたとか、自分達の乗った列車の避難を優先させるため、止めようとした駅長を撃ち殺したとか、耳を疑うような所業も聞こえてきた。

だが、省吾が目にした兵士は、ソ連兵に連行されながらも覚悟を決めた面持ちで「頑張れ」「あなた達は日本へ帰れ」とこちらを励まそうとしてくれた。あの中に、もしかしたら清孝もいるかもしれないと思えば、他人事ではいられなかった。

省吾のいた開拓団は、敗戦が決まった直後、現地の人々によって襲撃を受けた。

親しくしていた現地人が忠告してくれたおかげで逃げることが出来たが、荷物を持ち出そうとしていた父とははぐれ、年老いた団長は捕まってしまった。文字通り半殺しにされた団長は、途中で解放されたものの、その痛みに堪え切れずに「殺してくれ」と仲間に頼んだのだった。

指導者を失くし、女と子どもばかりだった一団は、逃避行の過程でみるみる疲弊していった。しまいには、集団自決を決意するところまで追い詰められてしまった。

当時、省吾は十歳だった。

場所は、視界をさえぎる背の高いトウモロコシに囲まれた畑の中だった。

子どもは大人によって首を絞められ、大人は、持参して来た毒を飲んだ。省吾も、一度は母親に首を絞められて死んだと思ったが、死に切れなかったのだ。

目が覚めた時、トウモロコシ畑は自殺した日本人で埋めつくされていた。

子ども達の首は伸び切っていて、母や、姉や、一緒に逃げて来た大人達も、口から泡を吹いて冷たくなっていた。

省吾だけが取り残され、何の因果か、この年まで生き延びることになったのだ。

省吾の体験は、決して珍しいものではない。当時のあの地では、そういったことが至るところで起こっていた。

あの悲惨さは体験した者でなければ分からないだろうと省吾は思っている。

山田の家の養子になってからも、養父母に話すことは極力しなかった。鈴木に対して話したこれが、もしかしたら最初になるかもしれなかった。

「俺の母だけでなく、強行軍の中で、泣きながら自分の家族を殺さにゃならんかった人達を、俺は何人も見ました。でも中には、俺みたいに、死に切れずに帰還した母親がいたんです」

内地に戻って来て、山田の家に引き取られるまでにいた、生家のあった地域でのことである。

自分だけ戻って来た女に対し、周囲の者の目は恐ろしく冷たかった。

――あいつは、自分の子どもを殺しておいて、自分だけ生き延びた人でなしだ。

――母親の風上におけない奴だ。

――自分だけ生き残るくらいなら、いっそ、一緒に死にゃあ良かったのに。

無責任になじられ、心無い陰口を叩く連中を見て、省吾は反吐《へど》が出そうになった。

「誰が、好きで自分の子どもを殺したりするもんか！　殺したくて殺したわけじゃないんだ。何とか生き残ることが出来たのに、どうしてそれを責められなきゃならんのか。あの悲惨さを知らない奴らが、勝手なことを言うなと思いました」

思わず語気が荒くなったが、省吾は意識して深呼吸した。

「だから、その状況を知らないということが、どれだけ罪深いのかは、少しは分かるつもりでおります」

黙って省吾の話を聞いていた鈴木は、悲しそうに眉根を寄せた。

「君も、大変な苦労をなすったね」

多くは語らなかったが、鈴木のその一言で、自分達は確かに通じ合ったという感触があった。

地獄を知らない者に、地獄は語れないのだ。


不意に、鈴木は苦笑する。

「別に自分から話して聞かせたいわけじゃないんだが、家内にはね、あんまり戦争の話はしないでくれと言われてしまうんだ」

それはそれでどうかと思うんだがと言われ、省吾は眉をひそめた。

「また、どうしてそんな」

「夫が、人殺しだという話は聞きたくないのだそうです」

その語の持つ鋭さに、思わずぎょっとする。

そういうことになってしまうのかと、今の今まで全く思い至らなかった。

「時々、満州やシベリアであったことを思い出して絵を描くんですがね。息子なんかは、お父さんは人を殺したのか、一体何人殺したんだと、やたらめったら聞きたがるんです」

それはまるで、流行の娯楽映画の内容でも知りたがっているかのような態度で、本質的に、これは何かが「違う」と鈴木は思った。

きっと、復員した者の中には、武勇伝として戦場での話を面白おかしく語る者だっているのだろう。だが、自分にはそれは出来ないし、したくもないと思ったそうだ。

「挙句の果てには、妻には、教育に悪いからそんなもの見せるなとまで言われてしまいました」

「そりゃ、随分な言い草じゃあないですか」

自分から好きで戦場に向かったというわけではあるまいし、何のために夫や父が戦ったと思っているのか。細君は万歳三唱で送り出す立場を経験しておいて、今になって面と向かってそれを言う神経が信じられなかった。

「兵隊さん自体が、悪者になっちゃう時代じゃ、仕方ありません」

息子や、夫や、父は愛している。でも、兵隊さんは嫌い。

そういう時代だ、と鈴木は諦めたように繰り返す。

「自分が戦争に行く前は、帰って来た兵隊さんは、万歳三唱で出迎えられとりました。よく頑張った、お疲れ様でしたと。ところが、自分がいざ戻って来たら、誰も迎えがいないのね。がらんどうの夜の駅でさ、同じように国のために戦ってきて、それでどうしてこんなに差があるんだろうって愕然《がくぜん》としてしまいました」

しかも、帰って来たら家がなくなっていた。一時的にこの家で世話になったは良いが、陰では厄介者扱いされていた。

「子どもっていうのは、親の言うことをよく聞いているもんだよね。親戚の連中は、俺を追い出したいと思っているのだと、子どもから言われて初めて知りました」

ふと、その子どもというのは先ほど会った義弟ではないかと思ったが、省吾は口を挟まなかった。

「それで、無理やり外に出て、仕事に就いてがむしゃらに働いたんだが、今になって体を壊しちまいました」

はあ、と息を吐き、鈴木はぼんやりと虚空を見つめた。

「戦争に負けて、『救国の英雄』はただの『殺人者』になってしまいました」

我々は、名声を得るどころか、人としての名誉まで失ったわけですと、鈴木は情けない声で言う。

「戦争に負けるっていうのは、こんなものかと思いました」

今の時代、こういうことを公に言ったら顰蹙《ひんしゅく》ものかもしれないけど、報われても良いのではないかと思ってしまう部分は確かにあるんだ、と鈴木は消え入りそうな声で呟く。

「戦争に行って帰って来ても、失ったものばかりで、結局、得られたものなんか何一つありはしませんでした」

何のための戦争だったのだか、と吐き捨てた鈴木に、省吾も重い口を開いた。

「……俺も今、農業をやるようになって、親父達が満州に行ったのは、間違いだったと思うようになりました」

「と、言うのは？」

「国の言ったことは嘘ばっかりで苦労したとか、そういうことではなくてですね。たとえ、戦争に勝って、あのまま満州に根を下ろすことになっていたとしても、間違いだったと思うようになったんです」

それは、省吾が田畑を持つようになったがゆえの感慨だった。

自分達で畑を耕し、稲の面倒を見るようになり、作物がとれる田畑を維持することがどれだけ大変なのかを思い知らされた。

開拓団の中には、何もない荒地を一から開拓させられ、それこそ死ぬような苦労をしたところもあるらしい。だが、少なくとも省吾のいた開拓団は、あちらに行った時点で、すでに家も畑も用意されていた。

あの時は素直に喜んでしまったが、その裏には当然、家を追い出され、畑を取り上げられた人達がいるはずだ。

自分が苦労して守ってきた畑を取られたら、どれだけ悔しく、恨めしいか。

省吾は自分が農業をやるようになって、初めて思い至ったのだった。

「引き揚げの際、鬼のように棍棒《こんぼう》で殴って来た現地人もいれば、そういった者から逃がしてくれようとした人もおったのです」

トウモロコシ畑を出て、一人ぼっちで彷徨《さまよ》う省吾を助けてくれたのは、他ならぬ現地の老夫婦であった。

貧しくて、その日の食べ物にすら困るような状態だったにもかかわらず、彼らは省吾を哀れに思い、助けてくれたのである。

日本人は米を食べるのだろうと、わざわざ白米を持って来てくれたことをよく覚えている。孤児を日本に移送するという通達が来るまでの間、ずっと自分を守り、可愛がり、自分達の養子にならないかとまで言ってくれたのだ。

自分が彼らの立場だったら、果たして同じことを言えただろうかと思うし、彼らは今、中国でどうしているだろうかと気になっている。

「日本人とか、中国人とか言っても、結局は人間だよねえ」

鈴木のしみじみとした言葉に、本当にそうですね、と省吾は同意した。

鈴木の妻がお風呂と夕食の支度が出来ましたと声をかけて来るまでの間、二人は長らく語り合った。

外を見るとすっかり暗くなっていた。

最初の予感通り、鈴木とは、ただの雑談ですら盛り上がった。清孝が彼と仲が良かったというのも納得である。これまで、誰にも話せなかったことを打ち明けられたのは、鈴木の人柄によるものかもしれないと省吾は思った。

鈴木の厚意に甘えて一泊させて貰えることになり、省吾は一つ、聞き忘れていたことがあるのに思い至った。

この人ならば話しても大丈夫だろうと、兄嫁との間にあったことを簡単に説明し、燃えさしの手紙と冊子を見せると、鈴木は真剣な眼差しでそれらを検分した。

「この、千代子という人物に聞き覚えはあるでしょうか」

駄目でもともとのつもりだったが、鈴木は省吾の顔を見ると、何とも言えない、複雑な表情をしていた。

「さっきの今で、これは、どういう因果なのでしょうかね……」

千代子さんは、僕もお会いしたことがありますよ、と鈴木は言う。

「中村軍曹の、妹さんです」

平成三十年　5

なれそめは、真っ赤に煮えたぎる麻婆《マーボー》豆腐だった。

見合いを経て、二回目のデートで行ったホテルのレストランで出されたそれは、普段からからいものを好んで食べる誠一《せいいち》が、一口食べて白旗を揚げた代物であった。

本格的な中国料理が出ると聞いてはいたが、女性と来るのには失敗したかもしれない。ハンカチで顔を拭きながら彼女を窺うと、当の本人は、白い額に汗一つかかず、ぺろりと小鉢によそった麻婆豆腐を完食したところであった。

「美味しいですね、これ」

そう言って笑顔でこちらを見た彼女は、誠一がほとんど口を付けていない小鉢に気付くと、しまったとばかりに赤面した。

「からいもの、お好きだったんですか」

顔合わせの時も、その後のデートでも、甘いものばかり食べていたように思って問うと、「すみません」と彼女は勢いよく頭を下げた。

「本当は、甘いものよりも、からいもののほうがずっと好きなんです。でも、前に女っぽくないと言われてしまって……甘いものが好きだと嘘をつきました」

まるで、とんでもない秘密がばれたかのような悲愴な顔つきであった。

あまりに大げさな反応に、誠一は思わず笑ってしまった。学生時代には鉄面皮という仇名《あだな》を得た自分が声を出して笑ったのなんていつ以来か分からないが、決して悪い気はしなかった。

「では、次はからいものを食べに行きましょうか」

それを聞いた彼女は、目を丸くした。

「よろしいのですか」

「自分も、どちらかと言うと甘いものよりからいもののほうが好きなので」

途端にぱっと顔を明るくした彼女を見て、可愛い人だと思った。

どことなくぎこちなかった空気がその一笑で払拭され、同時に誠一は、おそらく自分はこの人と結婚することになるだろうなと直感したのだった。

麻婆豆腐の一件以降、からいと評判のカレー店を訪ね、横浜の中華街にもくり出した。順調に交際を重ね、出会って一年後には入籍にこぎつけた。

彼女は控えめな性格で、はにかみ屋でもあったが、その分、時折見せる屈託のない笑顔が、たまらなく魅力的であった。

優しくて愛情深く、結婚一年後に生まれた息子が悪いことをしでかした時も、怒るのではなく窘《たしな》めるようにして反省を促した。お互い、口数が多いほうではないこともあり、夫婦喧嘩ですら声を荒らげることはなかったのだ。

だからこそ、病気になってからの妻の変貌は、誠一にとってとてつもなくショックだった。

「どうして私を責めるの。私は何もやっていないのに！」

妻のつんざくような悲鳴が、リビングにこだました。

お母さんが変だという話は息子から聞いていたが、実際に目にした妻は、明らかに常軌を逸していた。

「落ち着け。別に、責めているわけじゃない」

「うるさい、うるさい」

視線はぐるぐると虚空を追い、会話がまともに成立しないのだ。

「――私、変なものに取り憑かれたみたい」

しばらくして正気に戻ってからも、妻はすがるように誠一に訴えた。

「どこに行っても、女の子が追って来て、私を責めるの。どうして、何で生きているのって。もう、頭が変になりそう……」

「そんなもの、存在しない。ただの気のせいだ」

「気のせいなんかじゃないってば」

そして泣き出す妻に対し、どうしたら良いか、誠一には皆目見当がつかなかった。パニックに陥る時間が長くなるにつれ、子ども達は母親を避けるようになっている。このままではいけないということだけは分かっていた。

「君は母親なんだぞ。子ども達にそんな姿を見せるつもりか」

今の君はおかしい、ついて行くから、一緒に病院へ行こうと言うと、妻は悲鳴を上げた。

「私、おかしくなんかありません！　どうして、分かってくれないの」

そう言って誠一を見た妻の顔は、夫への失望にまみれていた。

怯んだ誠一は、しかし、ここははっきり言ってやるべきだと思い直した。

「いいや。君は病気だ。その証拠に、家のこともろくに出来なくなっているじゃないか」

「最初に言うことがそれなの？　誠一さんにとって、大事なのは家事だけ？　私は家政婦じゃありません！」

「そういうことを言いたいんじゃない。今まで普通に出来ていたことが、出来なくなっていると言いたいんだ。君がこのままじゃ、大樹だって満足に受験に集中出来ないだろう。子ども達のことが可愛くないのか」

「子ども達が可愛くないわけないじゃない！　よりにもよって、あなたが私にそれを言うの」

叫んだ妻の顔には、自分への憎悪が浮かんでいた。

無神経な言葉だったと、悔やんでももう遅い。

ある時、誠一が帰って来ると、彼女は誠一に目もくれず、廊下の隅で膝を抱え、ぶつぶつと独り言を言っていた。

「誰も、この辛さを分かってくれない。苦しんでいるから、私は母親失格だとでも言いたいの？　ああ、でも、母親失格はそうなのかもね。こんな体たらくの母親なんて、いっそいないほうが良いのかしら。誠一さんも私が早く死ねば良いと思っているの？　そうしたら、もっと若くて、綺麗で、母親失格でない女と再婚出来るもの」

あんまりな言葉に、思わず手を上げた。

「いいかげんにしろ！」

怒鳴り、その頰を張る。やっと誠一を認めた妻の目には正気が戻っていたが、しかし次の瞬間にはわっと泣き出した。

「お前、どう考えてもどこかおかしいぞ……」

病院へ行こう。な？

そう言って腕をつかむと、妻は人が変わったかのように暴れ、誠一の腕に容赦なく嚙みついた。驚いて飛びのくと、妻は絶叫しながら、手当たり次第に物を投げつけて来て、全く手に負えなくなってしまった。

その頃、仕事が忙しかった時期でもあり、誠一は、自身のキャパシティが限界を超えているのを感じていた。

あとから思えば、誠一自身の知識も、妻を理解しようという努力も足りていなかった。だが、非情にもその時の誠一は、妻の情緒不安定に「付き合い切れない」と思ったのだ。

だからこそ、妻が実家へ逃げ帰った時は、心底ほっとした。

これで、仕事に疲れ切って帰って来た家で、あの金切り声に悩まされずに済む。実家に帰って、それで落ち着いているというのなら、そのほうが彼女にとっても、子ども達にとっても良いだろう。

そう、全てのことを、自分の見たいように見て、解釈し、相変わらず横たわる不穏な真実に都合良く目隠しをしていたのだ。

結果として、誠一は、妻と義母を死なせることになった。

死体の腐る悪臭の中、鴨居からぶら下がった妻の変わり果てた姿を目にした瞬間、自分は一生かけても償い切れない業《ごう》を背負ったのだと悟った。

二人が亡くなったあと、ゴミ屋敷となった家を掃除している最中、妻の日記が出て来た。

そこには、彼女が最期まで家族を愛していたこと、苦しんでいたことが切々と綴られていた。

頭がおかしくなったと思い込んでいた妻は、その実、目に見えているものが現実とずれてしまったというだけで、本質は何一つとして変わってなどいなかった。

認識が誤作動しているだけで、心は何も変わっていないのならば、それは心そのものがおかしくなってしまうよりもよほど苦しかったに違いない。

妻の死に直面して以来、初めて涙が出た。

後悔ばかりだ。生きている時、自分は妻の苦しみを、何も分かってあげられなかった。

あの二人を殺したのは自分なのだと誠一は思った。

「俺から見ても、父さんは出来ることを全部やっていた。どうしようもなかった。仕方ないことだったんだよ」

長男の大樹はぽつりとそう言ったが、そうではない。

彼女達を救うことが出来るのは、自分だけだった。

あの時は精一杯のつもりだったが、他にいくらでもやりようはあったはずだ。病気の妻を追い詰めるようなことばかり言っていた自分は、本当にひどい夫だった。挙句、重荷を年老いた義母に押し付けてしまった。

誠一が、彼女達を見殺しにしたのは、疑いようのない事実だった。それも、「面倒くさかった」というつまらない理由で、人間を、大切な家族を殺してしまった。

どれだけ悔やんでも、悔やみ切れなかった。

妻が死んでから、自分はどうすれば良かったのか、誠一は一から勉強し直した。心の病について学び、そういった患者の家族の会にも参加した。

そして、心の病の中には、遺伝の要素を持つものがあると知った。

最初に頭をよぎったのは、二人の子ども達のことだった。

だからこそ、大樹が病気になったと知らせて来た時、今度こそはと思ったのだ。今度こそ間違えない、と。

しかし、大樹に続き、さつきまで幻覚に悩まされるようになった今、どこか、薄ら寒いものを感じるようになった。

病気に対しての心構えは出来ているはずだった。

だが、子ども達が見ているという幻覚は、あまりに似通ってはいないだろうか。

妻の残した日記には、彼女が死ぬまで何を見ていたかが書かれていた。

彼女のことを追いかけ回す少女と、彼岸花。

最初に大樹に付き添った診察の席で、少女と赤い花という言葉が出た時、きっと息子は母親の影響を受けたのだろうと思った。

妻が病気になった頃、大樹は高校生だった。妻の言葉をどこかで耳にし、自然とその影響を受けていてもおかしくはない。

だが、当時五歳だったさつきには、母親のことを怖いと思わせたくなくて、かなり気を遣って情報を遮断していたつもりだ。そんなさつきまで全く同じものを見ていると知った時、言いようのない悪寒が誠一を襲ったのだ。

――何かが、変ではないか？

妻を苦しめ、子ども達を苦しめているものの正体は病気だ。病気のはずだ。しかし、もし、ただの病気などではなかったとしたら。

二人の子ども達の看病をしている最中も、仕事に行っている間も、その不安は誠一を悩ませ続けた。そして、帰宅した自宅マンションで誠一を待ち構えていたのは、蒼褪めた顔で寄り添う、息子と娘の姿だった。

その表情を見て、この子達もとうとうそれに気付いたのだと悟った。

「……どうした」

こうなっては、悩んでばかりいても仕方がない。何が待ち構えていようとも、関係ない。

子ども達は、必ず、私が守る。

＊　＊　＊

やはり、母も自分達と全く同じものを見ていた。

父から聞いた話に、さつきは体の芯まで冷たくなっていくような感覚を覚えた。

さつきと大樹が、ほとんど同じ幻覚を見ているということを、父は分かっていたらしい。帰宅した父に話をしたところ、大した動揺も見せずに言ったのだ。

お母さんもそうだった、と。

父とローテーブルを挟み、さつきは大樹と隣り合ってソファーに腰掛けていた。隣に視線を向けると、大樹は険しい顔で父を睨んでいた。

「気付いていたのなら、どうして今まで黙っていたんだ」

硬い声の大樹に「すまん」と謝り、父は静かに答えた。

「妙に似ているとは思っていたが、本当に同じものを見ているのか、確証がなかったんだ。余計なことを言って、かえって影響を与えてもまずいと考えた」

影響ね、と呟き、大樹は苛立ったように頭を掻きむしった。

「実際のところ、父さんはどう思っているんだ？　俺達が、母さんと同じような幻覚に悩まされている原因について」

父は口を真一文字に引き結んだのち、ややあって慎重に話し始めた。

「お前達が覚えていないだけで、本当は前に母さんの幻覚についてどこかで耳にしていて、影響を受けた、というのが最もあり得るだろう」

「ああ、父さんならそう言うだろうと思ったよ。それが妥当だもんな」

投げやりに言う大樹の隣で、さつきはもどかしい思いをしていた。

もし、自分が父の立場だったら、同じようなことを言っていただろう。理論的に、科学的に考えれば、そういう結論にたどり着くのは当然である。

だが、実際にあれに襲われた今、ただの「気のせい」などとは口が裂けても言えなかった。

ずっと味方だった父に、この異様さを分かって貰えないのは辛かった。

「少なくとも、私はお母さんに何が見えているか、聞いた覚えはないんだけど」

おずおずと言えば、俺だってそうさ、と大樹が続けた。

「母さんは、俺達にはそういうことを言おうとしなかった」

そう言っても父さんには信じて貰えないだろうけど、と皮肉っぽくつけ加える大樹に対し、しかし父は動じなかった。

「勝手に決めつけるな。確かに、普通に考えれば母さんの影響なのだろうが、それだけだと決めつけるつもりもない」

どういうことかと、大樹が怪訝そうに父を見やった。

さつきと大樹の視線を受けた父は、覚悟を決めたような面持ちで口を開いた。

「今まで、お前達に黙っていたことがある。お母さんの親父《おやじ》さん——二人の、実のお祖父《じい》さんに関することだ」

「実の？」

思いがけない方向に話が飛び、さつきは戸惑う。

母方の祖父は、さつきが生まれる前に亡くなっている。祖母よりもだいぶ年上だったことくらいは知っているが、これまで、あまり話題に上ったことのない人であった。

「お前達が知っているお祖父さんは、お祖母《ばあ》さんの再婚相手なんだ」

「えっ」

「そうだったのか」

初耳だ、と大樹も目を見開いている。

「お前達の本当のお祖父さんは、まだお母さんが小さい頃に、若くして亡くなっているんだ。しかも、その理由はおそらく自殺だ」

室内が、しんと静まり返る。

「……まさか、お祖父ちゃんもお母さんと同じように？」

さつきがおそるおそる言うと、父は険しい顔で、首を横に振った。

「詳しい事情は分からない。父さんも、親戚の人から少し聞きかじっただけだからな。でも、お祖母さんは最初の夫がそういう亡くなり方をしたせいで、随分苦労したらしい。結局、自分からその話をしたことは一回もなかった」

話を聞いた時は気の毒にとしか思わなかったが、今になって、単なる身内の噂話が、全く違った意味を持ち始めたのだという。

もしかしたらその祖父も、何かに追い詰められた結果、自死に至ったのかもしれない、と。

「だとしたら、お前達が今こんなことになっているのも、ただの偶然や気のせいなどではない。今は、そう思っている」

静かに話を結んだ父を前にして、さつきは何と言ったら良いか分からなかった。

母は、今の自分と同じようなものを見て、死に追いやられた。そして、もしかしたら祖父も、同じだったかもしれない。

ただの偶然や、気のせいなどではあり得ない。

「呪いじゃないか」

張り詰めた大樹の呟きに、さつきは急に頭が重くなるのを感じた。

ここに来て、ただの病気などではないことがはっきりした。

呪いだ。

しかもこれは、飛び切り性質《たち》の悪い、生死に直結する呪詛《じゅそ》である。

今までとは違う、切羽詰まった恐怖が背後に忍び寄りつつあった。ただ、怖いだけではない。このままでは、さつきも大樹も、母や祖父のあとを追うことになってしまうかもしれない。

「私達、どうすれば助かるの」

情けなく声が震える。

「お祓いすれば良いわけ？　そういうのって、どこに行けばやって貰えるの」

意味もなく立ち上がったさつきを、「無駄だ」と大樹が押し殺した声で制止した。

「お祓いも、除霊も、母さんがやり尽くしただろう。その結果、どうなったか」

さつきの脳裏に、鴨居からぶら下がる母と、その足元に蹲《うずくま》る祖母の姿が思い浮かぶ。

「じゃあ、どうしろって言うの！」

飛び出た声は甲高い。

「こんな、このまま、何もしないわけにはいかないよ。だって、死ぬかもしれないんだよ」

そんなの嫌だよ、と言っているうちに、自然と涙が湧いて出た。

大樹は石のように固まっているが、膝の上に置いたこぶしがかすかに震えている。

「私達、何も悪いことしていないのに、どうしてこんな目に遭わなきゃいけないの」

さつきが叫んだ瞬間、例の、ざわざわとした黒い影が視界の端をかすめた。

ひゅっと、喉の奥が鳴る。

——どうして？

どこからか、囁くような声がする。

——どうして、あなたは生きているの。

「止《や》めて」

一歩下がろうとしてぶつかったソファーから、彼岸花が一輪伸びている。

花の中に見える口が、ぱくぱくと動いた。

——お前もさっさと、死ねば良い。

咄嗟にそこから視線を逸らそうとしたが、父の背後に、あの少女が立っている。

その白濁した目を見開き、額からはだらだらと赤黒い血を流しながら、彼女はゆっくりとこちらに近寄って来る。

「もう勘弁してよ！」

泣き咽《むせ》びながら蹲り、こめかみをつかむようにして耳を押さえた時、「さつき」と、穏やかな声で名前を呼ばれた。

後頭部を、大きくあたたかな手が覆う感触がする。

「安心しなさい。お前は、死んだりしないよ」

「でも、でも」

「お前は大丈夫だ。何も、根拠なく言っているわけじゃない。お父さんを信じなさい」

大丈夫だ、と父は何度も力強く繰り返す。

しばらくの間、さつきをなじる声と父の声がぶつかり、わんわんと頭の中に反響していた。

だが、いつしか聞こえるのは父の声だけになっていた。

粘り強く語り掛け続けた父が、自分を抱きしめてくれたのだと分かったのは、耳鳴りのようなざわめきが、すっかり遠ざかってからのことだった。

父は、さつきが落ち着いたのを見計らい、ソファーに腰を下ろすように促した。

「大樹も、さつきも、よく聞きなさい」

父に言われ、隣で俯いていた大樹がのろのろと顔を上げる。

「私は、お前達のお祖父さんが、どうして亡くなったのかは知らない。だけど、お母さんがどうして亡くなったのかは、この世で一番よく分かっているつもりだ」

だからこそ分かる、と父は断言する。

「お母さんが死んだのは、決して、呪いや祟《たた》りのせいなんかじゃない。父さんのせいだ」

「父さん、それは」

「最後まで聞きなさい」

口を開きかけた大樹を制し、父は淡々と続ける。

「確かに母さんは、得体の知れない何かに追い詰められていた。お父さんが理解してやれなかっただけで、本当は病気ではなく、オカルトの類いだったのかもしれない」

だが、と続ける声には、不思議と迷いはなかった。

「少なくともそいつは、母さんを直接、害したりしなかった。母さんを怖がらせて、とことん追い詰めたかもしれないが、それでも、母さんは自殺したのであって、殺されたわけではない」

そこを勘違いしてはいけない、と鋭い眼差しを向けられ、さつきは唾を飲んだ。

「父さんが、きちんと母さんの味方になってやりさえすれば、きっとあんなことにはならなかった」

さつきは、父が、母の死をそう捉えていたことを初めて知った。

大樹はなおも何か言いたそうにしていたが、父は断固とした態度で口を挟ませなかった。

母さんの日記を読んだんだ、と父は言う。

「そこに、母さんがどうして死んだのか、具体的な理由が書いてあった」

実家へ逃げた母は、さつきと同じようなことを考えた。

つまり、自分の見ているものは霊的な何かであると思い込み、まずはお祓いでそれを退けようとしたのである。だが、がむしゃらに除霊やらお祓いやらを続けても、効果は一向に現れなかった。

弱り切っていた彼女はしかし、ある時、神道系の「霊能力者」から、こういったことを言われたのだ。

——もし、早世された父親と同じものに襲われているのならば、それは、氏神の祟りかもしれません。

例として示されたのは、『常陸国《ひたちのくに》風土記』に記された夜刀神《やとのかみ》という神であった。

郡より西の谷の葦原《あしはら》を点《み》て、墾闢《ひら》きて新《あらた》に田を治《は》りき。此の時、夜刀《やと》の神、相群《あひむ》れ引《ひき》率《ゐ》て、悉尽《ことごと》に到来《きた》り、左右《かにかく》に防障《さ》へて、耕《た》佃《つく》ることなからしめき。俗《くにひと》の云はく、蛇《へみ》を謂《い》ひて夜《や》刀《と》の神と為《な》す。其の形は蛇の身にして、頭《かしら》に角《つの》あり。率引《ひきゐ》て難《わざはひ》を免《まぬが》るる時、見る人有らば、家門を破滅《ほろぼ》し、子孫継《つ》がず。凡《すべ》て此の郡の側《かたはら》の郊《の》原《はら》に甚多《いとさは》に住めりといふ——。

夜刀神は、角を持った蛇であり、その姿を見た者の子孫は、一人残らず破滅すると言われていた。だが、その神の土地を開墾し、開発するにあたり、人々はその神をよく祀《まつ》ることによって、祟りを退けたのだった。

――祟るものは祀れば良い、というのが神道流の考え方なのですよ。あなたや、あなたのお父さまを苦しませている原因は、氏神さまや、土地神さまへのお祀りが滞っているということかもしれません。一度ご実家に戻り、よくお祀りすれば、きっと祟りはなくなるでしょう。

うさんくさく効果のないお祓いの数々に悩まされていた母には、その「霊能力者」の言っていることは、他の者の言うことよりもはるかに信憑性《しんぴょうせい》があるように聞こえたのだろう。

調べると、実父の家族はもともとの生業だった農家を止め、土地を離れており、氏神にあたる神社は荒れ放題であったという。

これが原因だと、母は天啓を得てしまった。

母は、自分の貯金をありったけ持って実父の実家のあった場所を訪ね、そこの神社に目一杯のお供えものをし、教えられた手順通り、全身全霊をかけて祝詞《のりと》をあげた。出来ることは全てやり遂げた。これで、万事解決すると思ったのだ。

にもかかわらず、胸を撫で下ろした母の前に、変わらず、幻覚は現れた。

どうして、と母は取り乱した。

当時、母に振り回されて憔悴し切っていた祖母は、病床において、それが何を意味するかろくに把握しないまま、こう言い放ったらしい。

――家系が原因なわけがない。だってあの人は、もともと養子だったんだから。

祖母の言葉を聞いた母は、絶望した。

『これ以上、どうしたら良いか分からない。もう疲れた』

日記に残された、母の最期の言葉である。

母の心が折れた瞬間だった。

「正直なところ、父さんにはお前達が見ているものが、何なのかはよく分からん」

父は悔しそうに言う。

「でも、父さんがしっかり母さんを支えて――母さんの心を守ってやれれば、母さんは死ななかっただろうと、それだけは確かだと思っている。お前達も、幽霊だ、呪いだということに気をとられすぎて、大事な部分を見失わないでくれ」

父の話を聞いた大樹は、絶句していたものの、その目つきは先ほどまでの茫洋《ぼうよう》としたものとは異なっていた。

沈黙の中、さつきが思い出したのは、初診の時に聞いた真木の話だった。

かつて「狐憑き」と呼ばれていた病気は、今は統合失調症という名前になったし、きっとこれからも変わっていくだろう。たとえ同じ症状であったとしても、時代に合わせて認識は変化するし、名称も変わる。

もしかしたら幽霊も病気も、果たしていた役目は同じなのかもしれない。

第三者からはただの蔑称であったとしても、狐に憑かれた人とその家族にとって、それはある意味で、救いとなった部分もあったのではないだろうか。

少なくとも、何かが取り憑いているのだと思えば、豹変した本人が悪いわけではないと思うことが出来る。その状態に、本人や周囲の人間が納得し、受け入れるためだけの意味付けに必要な根拠は、きっと、医学であろうが迷信であろうが関係ないのだ。

今のさつきや大樹の状態も、他の人にとってはただの「病気」かもしれないが、自分達家族にとっては、「呪い」である。

そこに、何の差があるというのだろう。

病名がついたことで、周囲の人が納得したかもしれない。でも、それは自分達の救いにはならなかった。

「多分、他の誰でもなく――俺達にとって、あれが何かが問題なんだろうな」

同じようなことを思ったのか、ぽつりと呟いた大樹に向かい、「うん」とさつきも頷いた。

逃げては駄目だ。

自分達なりの答えを、見つけなければならなかった。

＊　＊　＊

「同じ部屋にいるのに、お父さんには女の子や彼岸花も見えないわけだよね」

「ああ、そうだな」

「お祖母ちゃんも見えているわけではなかったと思う」

食事を済ませたあと、改めて三人はテーブルで頭を突き合わせた。

コピー用紙に、シャーペンでそれぞれ分かっていることを書き込んでいく。

「見えているものは、女の子の死体と、彼岸花」

「そいつらが俺達を責めている変な声も聞こえる」

そこまでは見事に母さんと一致しているな、と父が顎をさする。

「でも、見えるだけで、あいつらは直接襲い掛かって来るわけではない……」

「今のところ、あれの被害に遭ったのは、お母さんと、お兄ちゃんと、私」

「それと、不確定だけど、俺達の実の祖父さんだな」

うん、と三人は顔を見合わせる。

「考えるまでもなく、これ、どう見ても血の繋がりが原因だろう」

大樹の言葉に全く異存はないが、問題は、血によって何が受け継がれたかだ。

「こうなったら、お祖父ちゃんの血縁者を捜すしかないんじゃない？」

もしも、祖父と血の繋がりのある人がいるならば、もっと何か分かることがあるかもしれない。

とはいえ、祖父は養子だったという。

祖父の血縁者をたどるとなれば、養子に入る前の家の者だ。とっくに付き合いは切れており、どうしたら調べられるのか分からなかった。

「役所に行けば教えてくれるかな」

「行ってみる価値はあるだろ。同じようなものを見ているなら、手がかりになると思うんだけどなあ」

大樹の言葉に、ふと、父が反応する。

「同じようなもの？」

同じようなものか、とぶつぶつと繰り返す。

「どうしたの」

何か思い当たる節があるのだろうかと思って問うと、父は、何故か苦い顔をしていた。

「いや。母さんの葬式の席で、一人、母さんが何を見たのか、しつこく聞いてきた男がいただろう」

「ああ」

その男を父が怒鳴りつけ、追い出していたのをさっきも覚えている。

親戚だと名乗っていたが、その男を知っている者は誰もいなかった。「死ぬ前、何かおかしなものを見ていたのではないか」と執拗《しつよう》に聞いてくるので、その時はただの野次馬だと思ったのだ。

「だが、もしかしたらあの男は、今の私達と同じように考えたのかもしれないと思ってな」

あの時、嫌がる父に対し、妙に食い下がってきた男。

ただの興味本位にしては、やけに必死ではなかったか。

「お祖父ちゃんの親戚で、あの人も同じようなものを見ていたかもしれないってこと？」

「可能性はある」

大樹の声が期待に上ずった。

「父さん、その人の連絡先、何とかしてつかめないのか」

大樹が勢い込んで尋ねると、父は「ちょっと待て」と言って物置部屋へ向かった。十分ほどして、父が探し出して来たのは、母の葬式の芳名帳だった。

もとより、身内だけを集めて行われた小規模な葬儀だ。見知った名前を除外していけば、すぐに見慣れぬ名前に行きあたった。

山田和幸《かずゆき》

――見つけた。

昭和四十年　5

鈴木は語る。

「清孝君と再会してすぐあと、彼と一緒に、中村軍曹のご家族を訪ねたんです。それ以前に、中村軍曹の消息を尋ねる手紙は来とりましたが、あの戦友会のあと、どうしても気になってしまいまして」

中村軍曹の家族が住んでいたのは、横浜の歓楽街だった。

みすぼらしいバラックが多く立ち並び、いわゆる、パンパンが多くいるような場所である。区画整備もされておらず、住所がなかなか分からないので、地元の駐在に頼んで連れて行って貰ったそこは、家とも思えないような掘っ立て小屋であった。

「表札もないし、屋根もトタン製でね。家具らしき家具もほとんど見当たらなかった」

小屋には中村軍曹の年老いた母親が待っていたが、上官の雰囲気とは似ても似つかないその家のありさまに、鈴木は度肝を抜かれたのだという。

「我々にとって、中村軍曹は偉大な上官だったわけです。だからまさか、あんなに頭が切れて立派な風采の人が、もとは洋装店の丁稚《でっち》だったなんて、夢にも思っとらんかったのですわ」

軍曹の老母は、最近では息子の話をする機会もろくになかったとかで、懐かしみながら、軍曹の子ども時代のことを語って聞かせた。鈴木や清孝にとって、中村軍曹は畏怖と尊敬の対象であったが、母親にとっては可愛い息子に他ならなかったのだ。

中村軍曹――中村勲《いさお》は、器用で、聡明な少年であったらしい。その賢さを聞くにつけ、軍隊に入ってから出世し、若くして下士官までのし上がったのにも大いに頷けたのだった。

「あの人がもし大学に行っていたら、僕なんかよりもずっと良い成績で卒業したに違いありません。それで、あの人が山田君の本を焼いた理由の一端が、ぼつぼつ分かったような気がしたもんでした」

そして、母親と話している最中に、若い女が小屋に入って来た。

それこそが中村軍曹の妹であった。

「妹さんは、GIを連れて来て、そのまま奥の部屋へ消えていきました」

鈴木は何とも言いづらそうにして、視線を彷徨わせた。

「ほっそりして、とても綺麗な方だったけれど、春を売るというか……そういうことを、生活の糧にしていなさったんだね。こちらには、ちらとも視線を向けてくれやしませんでした」

勲は妹思いで、とても仲の良い兄妹だったのですよと老母から嬉しそうに話を聞かされた直後だったので、どうにもいたたまれない気持ちになったという。

その時は挨拶も出来なかったが、しばらくしてのち、妹の筆で礼状が届いた。

「これです」

鈴木は、几帳面に整理して保管してあったその手紙を持ち出し、省吾に見せてくれた。

手紙には、わざわざ遠方まで訪ねて来てくれたこと、中村勲の戦場での様子を語ってくれたことへの感謝が丁寧に綴られていた。

『すっかりふさいでいた母ですが、鈴木さん達がいらして以来、兄が帰ったら紳士服を作らせてやりたい等と申すようになりました。ご厚情を賜り、心より御礼を申し上げます』

そして、結びはこうだ。

『寒さ厳しき折、何とぞご自愛下さいますよう。　　　　中村千代子』

それはぴったりと、燃えさしの手紙の文面と一致した。

＊　＊　＊

「中村ぁ？　悪いけど知らないね」

酒屋の化粧の濃い女店主は、省吾に対する不信感を隠そうともせずに言った。

「そうおっしゃらず、よくよく思い出してくれんでしょうか。少なくとも、十年前までこのあたりにお住まいだったようなのですが」

「そんな昔のこと、分かりゃしないよ」

あんたも未練があるのか知らないけど、昔の女を追っかけるなんてみっともない真似は止したほうが良いんじゃないかいと咎《とが》めるように言われ、勘違いされていると気付いた。

「いやいや。中村さんのお兄さんが、私の兄の上官でして――その兄が亡くなったので、ご報告をと思っただけなんです」

「ふぅん？」

黒々と引かれた眉の片方が、きゅっと上がる。

冷ややかな眼差しが居心地悪く、省吾は早々に酒屋をあとにした。

もうこれで、何軒目になるだろう。

省吾は、中村千代子を訪ね、横浜へやって来ていた。

おそらく、燃えてしまった清孝の手紙と、鈴木に送られた手紙の中身は、ほぼ同じだったのだろう。あれ以外に、中村千代子と清孝の間に交流があったかどうかは分からないので、直接話を聞くしかないと思い立ったのだ。

だが、桑原や鈴木の場合と違い、中村千代子のもとへはなかなかたどり着けなかった。鈴木からバラックで埋めつくされていたと聞いていた周辺は、数年前に大幅な取り締りがあったとかで、すっかり整備されてしまっていた。

駐在所でも尋ねたが、以前の住所は今や存在すらしてないらしい。一応調べてみて貰ったものの、中村千代子とその母親の行方は杳《よう》として知れなかった。

こうなったら近所の人に行方を尋ねて回るしかないと思ったのだが、警官からは、このあたりの治安は決して良いとは言えないので、くれぐれも注意するようにと釘を刺されてしまう始末である。

実際に歩いてみると、普通の飲食店もある一方、未だに淫靡《いんび》な香りを残したところも決して少なくはない。女を捜していると言えば、決まって胡散《うさん》臭い目で見られて随分と辟易させられた。

中村千代子がパンパンだったという事実が、今になって重くのしかかってくる。鈴木をして「綺麗な方」と言わしめた彼女は、果たして、鈴木に聞く以上の関係を清孝と結んでいたのだろうか。

清孝が鈴木と中村家を訪ねた一件以降、千代子と深い関係になっていたとしても、おかしくはないように思う。

清孝は死の直前に、親子連れと対面し、子どもから「お父さん」と呼びかけられているのだ。

万が一、清孝が千代子と男女の関係にあったとしたら、どうだろう。清孝は京子と結婚するために千代子とは別れたが、実は、千代子の腹には清孝の子がいたとする。千代子は清孝に黙って子どもを育てていたが、あの日、その子を連れて、清孝を訪ねて来た。もし、千代子が悪い女で、子どもを楯にして清孝を脅迫したとしたら。家族や職場にばらしてやると脅迫され、大金でもせびられれば、死にたくなりもするかもしれない。

そこまで考えて、いやいやと頭を振る。

三文芝居ではあるまいし、そもそも、兄はそんな不誠実な人間ではない。

中村千代子の人柄も分からずに想像するしかない今、こんなものは推理でも何でもなく、清孝と千代子の名誉を傷つけるだけの単なる下衆《げす》の勘繰りである。

いずれにしろ、中村千代子に会ってみないことには、何とも言えない。

違う店に入ってみようかと考えていると、ふと、背後から声をかけられた。

「もし。あなた、山田清孝さんのご兄弟でいらっしゃる？」

驚いて振り返ると、そこに立っていたのは、白いブラウスに紺のスカートを穿いた、省吾とほぼ同年代と思しき女であった。

地味な格好をしているが、すっきりと鼻筋の通った、優しそうな面差しの美人である。ただ、痩せていて眉は下がり気味で、どことなく薄幸そうな雰囲気をしていた。

「はい。山田清孝の弟の省吾と申しますが」

あなたはと尋ねる前に、彼女は礼儀正しくお辞儀をした。

「はじめまして。あたし、中村千代子と申します」

あたしを訪ねていらっしゃったと伺いましたわと女は言う。

まさか、本人が来てくれるとは思わなかった。

立ち話もどうかということで、中村千代子の案内で、近所の適当な喫茶店に入った。

テーブルを挟んで反対側に腰を下ろしたあと、改めて簡単な自己紹介をする。

「どうして、私が捜していると分かったんですか」

何せ、省吾が訪ねた先の人々は、彼女を知っているというそぶりなど全く見せなかったのだ。

「省吾さん、酒屋さんをお訪ねになったでしょう。あたし、あそこのおかみさんにご紹介頂いて、今は近くの工場で事務員として勤めておりますの」

清孝と鈴木が訪ねてからいくらもしないうちに母親が亡くなり、取り締りのせいで家も追い出されてしまった。途方に暮れていると、以前から付き合いのあった酒屋の女店主が、就職先を紹介してくれたのだという。

「あの人、そんなこと全然言わなかったのに」

「多分、おかみさんが気を遣って下さったのですわ」

その証拠に、あのあとすぐに千代子に連絡を寄越し、省吾の言ったことは本当かと確認をしてくれたのだという。

「それで、清孝さんがお亡くなりになったと伺いました」

それは本当なのでしょうかと曇った顔で問われ、「残念ながら」と言葉少なに答える。

「実は手違いで、以前千代子さんから頂いた手紙を捨ててしまいまして。千代子さんは、私の兄とは親しくされていたのでしょうか」

「親しくしていたとまで言えるかは分かりませんが、母が亡くなるまで、お土産を持って度々会いに来て下さったんです」

息子が戻らず、寂しい思いをしていた老母は、清孝が来るのを楽しみにしていたのだと言う千代子はどこか哀しそうだった。

「清孝さんは、私達の知らない軍人としての兄をよく褒めて下さいました。母は、清孝さんがいらっしゃるのを楽しみにしておりました」

そういえばお米を頂いたこともございますね、と思い出したように千代子は言う。

「ご実家が農家で、弟さんが作ったお米だから、とおっしゃっていましたわ」

思わず顔が引きつった。

清孝が中村家を訪ねていた頃は、まだ本格的な米作りを始めたばかりで、あまり良い出来だったとは思えない。何てことをしてくれたのだと頭を抱えそうになった省吾を見て、千代子は「ご馳走さまでした」ところころ声を立てて笑う。

「いや、しかし、女性二人暮らしの家に、米を担いで訪問するとは」

外聞も何もあったものではないと顔をしかめると、千代子は慌てたように手を振った。

「さもしいとお思いになるでしょうが、あの頃はその日のご飯にも事欠くようなありさまでして、お米は大変助かったのです。母が亡くなってからは自然と交流も途絶えてしまいましたが、今思えば、ご恩をお返ししておくべきでしたね」

千代子は言葉尻に後悔をにじませた。

「兄が訪問した際、どういう話をされていたのでしょう」

「清孝さんと親しくして頂いたのは母だったので、あたしは、あまりお話をしたことはなかったのですが」

それでも、軍人としての兄の話をして頂きました、と千代子は言う。

「そのことは、とっても救いになりましたので、今でもありがたく思っております」

「と、言いますと？」

「戦場においても、きっと兄は、あたしのことを忘れてはいなかったのだろうとおっしゃって下すったんです」

清孝は、中村軍曹が妹と仲が良かったと聞き、こう言ったのだという。

――それを聞いて、得心しました。戦場では非情にならなければならない場面が往々にしてあるものですが、中村軍曹は、小さい女の子に対しては優しかったのです。きっと、あなたのことを思い出していたのでしょうね。

「そう、しみじみおっしゃって……。兄のためにも、くれぐれも体には気をつけるようにと言って下さったんです」

懐かしむように語る千代子を前にして、省吾は一瞬、自分の思考が鈍く停止するのを感じた。

「中村軍曹は、戦場においても女の子には優しかった。そう、清孝は言ったのですね」

念を押すように確認すると、千代子は何の屈託も見せずに首肯した。

「はい。おっしゃる通りです」

それが何か、と目を瞬く千代子に対し、しばらくの間、省吾は言葉が出て来なかった。

「……つかぬことを伺いますが、最後に、千代子さんが私の兄とお会いしたのはいつでしょうか」

千代子は、ええと、と眉根を寄せて考え込んだ。

「あれは母の葬式の時だったから、今から、三年ほど前になるかと思いますわ」

＊　＊　＊

千代子と別れ、横浜から東京へと向かう電車の中で、省吾は改めて、清孝が遺した焼け焦げた手紙と手記を見直した。

住所がまるまる焼け残った一つ目の手紙は、桑原昭雄からのものだ。

彼は、清孝の従軍時代に同部隊だった軍医、桑原義雄の兄であり、桑原義雄は、敗走中に部隊を離れ、それ以来復員していない。そのきっかけとなったのは、世話になった満州の一家を、部隊の誰かが殺害したことだった。

桑原義雄の最後の姿を見たのは、清孝と、戦友である鈴木正史である。

鈴木の話によれば、一家を殺害したのは、中村軍曹であるらしい。鈴木自身は知らなかったが、何人かの戦友がそれを証言している。

当の中村軍曹はその後、部隊が散り散りになった際に行方が分からなくなっている。鈴木の予想では、清孝や鈴木がソ連兵に降伏するまでの間に亡くなった可能性が高いとのことだったが、少なくとも、現在に至るまで彼が家族のもとに戻って来ていないことは確かである。

中村軍曹と親交があった清孝は、鈴木と共に、軍曹の老母と、妹の千代子を訪ねていた。

その時の礼状が、二通目の差出人『千代子』の手紙だ。

鈴木は一回だけだったが、清孝は、何度か彼女達のもとを訪ねていた。その際、千代子に対して、戦場で非情にならなければならない場面でも、中村軍曹は小さい女の子に対して優しかったという旨の発言をしている。

しかし、中村軍曹は、満州の一家を一人残らず殺害している。

鈴木の話によれば、あの一家には小さな女の子もいたはずだ。中村軍曹は、少女に対しても容赦がなかった。だからこそ、桑原義雄は激怒したのだ。

——ここに、見過ごせない矛盾があった。

清孝が軍曹に対し、一方《ひとかた》ならぬ思いを抱えていたのは間違いない。でなければ、何度も上官の遺族を訪ねたりするはずがなかった。

何が、清孝にそこまでのことをさせたのだろう。

大切にしていた本を焼かれて恨んでいたが、敬愛していた上官だ。満州の一家を殺害した件に関しては、むしろ、中村軍曹をかばうような発言をしている。

『もし、自分が中村軍曹の立場だったらどうだったかを考えてみろ』

自分達は、生きて帰還しなければならなかった。家族が自分を待っている。生き残るために、出来ることは何でもしなければならない。

お前だったらどうすると、鈴木ではなく、清孝が省吾に直接訴えかけている気がした。

清孝が欄干を踏み越えたあの日、最後に出会ったのは、親子と思しき二人だった。

お父さん、と声を上げて駆け寄って来た少女を見て、清孝は顔色を変えた。それはまるで、幽霊でも見たかのような顔をしていた、というのは目撃者の証言だ。

そして、寡婦となってしまった京子は、不可解な自殺を遂げた夫の死の原因を探るのに反対した。省吾の外出中、母親と娘が寝静まった時機をわざわざ見計らい、夫の遺した手紙と手記を、誰の目にも触れないうちに焼き尽くそうとした。

今、省吾の手の中にある焼け残りのノートには、シベリアでの労働の覚書が記されている。すっかり灰となってしまった部分には、桑原や鈴木から聞いた戦中の話が、清孝の目線で綴られていたはずだ。

京子はきっと、省吾が来る前に、その記述を読んでいた。あのタイミングで燃やそうとしたのは、おそらくは省吾が清孝の死を探ろうとしたからだ。

ここには、清孝の死の理由となることが書かれていた。そしてそれは、京子が、誰にも知られたくない類いのものだったのだ。

清孝が死んだ当時の状況が分かり、桑原昭雄と、鈴木正史と、中村千代子の話を聞いた現在、省吾の中に、ぼんやりとした真相が浮かび上がりつつあった。

あれほど清孝の死の原因が知りたかったというのに、今の省吾は、それをはっきりさせることが果たして正しいのか、よく分からなくなっていた。

そして数日前、義憤とも言える思いに駆られてやって来た駅に、省吾は再び戻って来た。

清孝が飛び降りた立体交差橋の前を通り、徒歩で清孝の家へと向かうと、社宅の裏庭で、仁美が一人で遊んでいた。

庭に生えた葉っぱをむしり取り、何かを作っているようだった。

この先、彼女はどんどん一人遊びばかりうまくなっていくのだろうかと思うと、たまらなく切なかった。

遊ぶ仁美を眺めていると、省吾に気付いたか玄関の扉が開き、中から京子が現れた。

「何しに戻って来たんです」

その声に人らしい温度は感じられない。

喧嘩別れした時、京子の態度はあまりに不可解で、腹立たしかったが、今はその姿が痛々しくさえ見えた。

「この前は、大声を出してすみませんでした」

自然な動作で頭を下げると、省吾の態度が意外だったのか、京子は拍子抜けしたかのようにきつく寄せていた眉根を緩めた。

「お義姉さんの言う通り、兄の死の原因が分かったとしても、兄は帰って来やしません。これ以上、兄の死について調べるのは止めにします」

きっぱりと告げると、そう、と感情の乏しい声で返される。

「だから、最後に一つだけ教えて下さい。あの日、最後に兄と会ったのは、あなたと――仁美ちゃんですか？」

それを言った瞬間、京子の顔が、今にも泣きだしそうにぐにゃりと歪んだ。

何かを言おうとして、幾度も口を開きかけたものの、結局何も言わないまま、どこか観念したように、力なく一つ頷いた。

「……分かりました」

省吾は大きく息を吐いた。

それだけ聞けば、もう十分だった。


清孝は、省吾にとって憧れの兄だった。

優しく、ハンサムで、親孝行で、弟思いだった。

生きて帰ってくれて、自分や父母がどれだけ嬉しかったことか。そして、亡くなって、どれだけの人間が悲しんだことか。

たとえ何があったとしても、それは変わりようのない真実なのだ。

自分も、京子と仁美同様、清孝に置いていかれた遺族には違いない。明らかにしないほうが、救いになることもあるのだろう。

平成三十一年

芳名帳に書かれていた山田和幸の住所は、東京都内だった。

父が、簡単に事情を説明した葉書を出すと、三日もしないうちに返信が来た。

そこには、彼の携帯電話と思しき電話番号と、直接会って話したいという旨が書かれていた。

父が電話で少し話したところ、山田和幸は、母の従弟《いとこ》にあたるらしい。詳しく話をしたいし、どうしても会わせたい人がいるので、訪ねて来てくれないだろうかと言われ、家を訪問することになった。

当初、父は自分だけで会いに行こうとしていたが、さつきと大樹も一緒に行きたいと主張した。

相変わらずあの幻覚に襲われてはいたが、最近では予兆が分かるようになってきた。

大体、頭が重い感じがすると、視界の端で黒い影が揺らいだり、赤い花が出現したりする。

そんな時は無理をせず、目と耳をふさぎ、その場でかがむようにしていた。

恐ろしい幽霊などではなく、ただの発作だと思えば、その分、冷静になれる。もし、外出中にあれに襲われても、今なら大丈夫だという自信があった。それに、もうすぐ大学の冬季休業も終わる。この症状がずっと続くのであれば、いつまでも家に引きこもっているわけにはいかないのだ。外に出るきっかけがあるのだとすれば、今しかないと思った。

父はさつき達の意見を受け入れ、三人で山田和幸の家を訪ねることになった。

幸い、タクシーを使って一時間程度で行ける範囲である。移動中は目をつぶり、ヘッドフォンで自分の好きな曲を聴いていたが、その甲斐があってか、問題なく目的地に着いた。

山田和幸の家は、コンクリート打ちっぱなしの、おしゃれな外観の一軒屋であった。周囲の家には庭や玄関先に木や花が植えられていたが、その家の庭は、コンクリートと薄い芝生があるのみで、随分と殺風景に見えた。

ほぼ予定通りの時間に到着したためか、先方もこちらを待ち構えていたようで、インターフォンを押す前に玄関が開いた。

現れたのは、どことなく神経質そうな壮年の男性であった。

白いYシャツの上に、アラン編みのセーターを着ている。顎髭《あごひげ》を生やし、黒縁の眼鏡をかけているが野暮ったい印象はなく、芸術家のような雰囲気さえ漂わせていた。

「よく来て下さいました。私が、山田和幸です」

どうぞお入り下さいと落ち着いて促すその姿からは、母の葬儀の席で父を質問責めにしたという様子はまるで想像出来なかった。

通された室内も、外観に違わず物がなく、おしゃれではあるが生活感がまるでない。住宅の展示場のようだとさえ思った。

「随分と綺麗なおうちですね」

さつきがそう言うと、恐れ入ります、と和幸は苦笑した。

「建築のデザインをしておりまして、この家も自分で建てたんです」

それで、この家の独特の雰囲気にも合点がいった。

通された吹き抜けのリビングは、中央にソファーとテーブルがある以外は何も置かれておらず、一面がガラスで覆われていた。自然の光が差し込むそこから見えるのは、さっき目にした芝とコンクリートが碁盤状になった庭である。

明るいけれども寒々しく、近代的なオフィスビルのエントランスのようだ。

促されてソファーに座り、お茶を出される暇もなく、和幸はおもむろにこちらに向かって頭を下げた。

「まず、謝らせて下さい。奥様の葬儀では、大変失礼をいたしました」

さぞご不快だったことでしょうと言われ、父はすかさず「こちらこそ」と返した。

「あの時は、話を最後まで伺わず申し訳ありませんでした。そうなさるだけの理由があったのですよね」

その通りです、と和幸は神妙に頷く。

「奥様の噂を聞いて、もしや、血縁者に共通する原因があるのではないかと焦っていたのです。長年、おかしなものを見て悩まされていたので」

「おかしなもの……」

それは。

「女の子と、彼岸花ですか」

勢い込んで尋ねた大樹に、和幸は真剣な面持ちで問い返した。

「大樹さんが見るのは、それですか」

「私だけではなく、妹も、母もそうでした」

あなたもそうではないのですかと大樹は早口で続けたが、彼は「いいえ」と、きっぱりそれを否定した。

「残念ながら、私が見るのは、死体の山なんです」

「は？」

死体の山、とさつきは呆けたように繰り返した。

肩すかしを食らったような顔をしているさつき達を前にして、和幸だけは全てを心得たような表情で頷いた。

「ええ、そうです。もっと詳しく言えば、私は高い草むらの中に立っていて、足元に折り重なって、たくさんの人が倒れているのです」

女やら老人やら赤ん坊やら、その数は限りないという。

「怖くて逃げようとすると、その死体が這いつくばって追って来て、そいつらに首を絞められそうになる……」

私が見るのはそういう幻です、と和幸は平然と語る。

「うちはもともと農家でして、私もその跡を継ぐつもりでいたのですがね。小学生の頃、友達と畑で遊んでいて、急にそういうものを幻視するようになりました」

背の高い草がざわりと不穏に音を立て、いつしか、草の迷路に閉じ込められている。

足元には数え切れないほどの死体が倒れており、逃げようとすれば、自分を殺そうと追いかけて来る。

すさまじい悪夢である。

「結局、それが原因で自分の背よりも高い草木が苦手になってしまいまして。母が病気で亡くなったのをきっかけに、実家を引き払って東京に出て来ることになったんです。幸か不幸か、自分にとって居心地の良い家を模索しているうちに、今ではこうして建築を仕事にして食べていけるようになりましたが……」

それ以上は言わなかったが、ここに至るまでには、相当な苦労をしたのだろうということは想像に難くなかった。

「私も、最初は自分に見えるものが何か、分かりませんでした。ですが、自分に見えるものは一体何なのかを調べ続けて、一つの仮説に行き着きました」

しかし、それを証明したり、裏付けたりする根拠はこれまで何もなかったのだと和幸は言う。

「何せ、サンプルは自分しかいませんでしたしね。先例もなかったんです。それで、あなた方のお母上がどうやら何かを幻視していたらしいと葬儀の報せを受けた時に伺い、もしかしたら、血縁の人に同じようなことがあったのかもしれないと。葬儀を訪ねたのは、そういった理由からでした」

もっとも、お母上の症状は、私よりもずっとひどかったみたいですがと彼は口を濁らせる。

「今思えば、よりにもよって死の原因になったことを根掘り葉掘り聞くなんて、本当に非常識でした。父にも、止めろと言われていたのですがね。でも、あの時は必死で、そういった気が回らなかったのです」

改めて、申し訳のないことをしましたと謝られたが、そんなことはどうでも良かった。

「その、仮説というのは何なのでしょう。私達がこんなものを見るのには、原因があるのですか」

さつきの質問に、和幸は一瞬、何かを躊躇《ためら》うようなそぶりを見せた。

「――あなた達が来てくれたおかげで、その、長年の疑問にも答えが出そうです」

会わせたい人がいると申し上げましたねと、和幸は迷いを振り払うように言う。

「もしかしたら、大樹さんやさつきさんにとっては、ショックな話になるかもしれません。それに、私は科学者でも医師でもないので、とんでもなく間違った推論をしているかもしれません。もし、それでも構わないなら、私の父の話を聞いて貰えないでしょうか」

さつきは、隣に座る大樹と父の顔を見た。

父は無言でこちらを窺ってきたが、大樹はさつきと目が合うと、覚悟を決めたように一つ頷いた。さつきも頷きを返し、和幸に向き直る。

「お願いします」

和幸は立ち上がり、「どうぞこちらへ」とてのひらで廊下を指し示した。

モノトーンで統一された廊下を進み、先行した和幸は白いドアを叩く。

「父さん。村岡さん達が訪ねて来てくれたよ」

どうぞと、しわがれた声が返る。

開かれた扉の向こうは、それまでの部屋と異なり、生活感にあふれていた。

枕元にさまざまな物が置かれたベッドが目に入ったが、部屋の主は、そこに横たわってはいなかった。

さつき達と会うために、準備してくれていたのかもしれない。

窓際の小さなテーブルの前の椅子に、杖《つえ》を両手で握った年老いた男が座っていた。

ツイード地のジャケットと、薄いブルーの糊《のり》の効いたシャツを着ている。

その顔には深く皺が刻まれているが、眼差しは鋭く、覚悟を決めたかのように、口をしっかりと引き結んでいた。

男は、和幸に続いて入室した父に目礼したあと、その次に入ったさつきと大樹に視線を合わせ、口を開いた。

「はじめまして。私は、山田省吾と申します。あなた達のお母さん——仁美ちゃんの、叔父に当たる者です」

＊　＊　＊

訪ねて来た三人を、省吾は順に見つめた。

仁美の夫は、想像していたよりもずっと真面目そうな男であった。

仁美が自殺したと聞いた時、伴侶となった男は何をしていたのかと憤りすら覚えたものだったが、こうして相対してみると、きっと、彼なりに頑張って、それでもどうにもならなかったのだろうと自然に思えた。

大樹は、あまり仁美に似ているとは思わなかったが、さつきと名乗った娘のほうは、幼い頃の姪っ子の面影を色濃く受け継いでいる。

「あの……」

あまりに凝視したせいか、彼女は不思議そうにこちらを見返してきた。

我に返り、省吾は慌てて目元を拭う。

「すまないね。お母さんと似ていたもので、つい。それで、君達は何を見るんだって？」

さつきは自分に何が見えるのかを順序立てて説明し、ところどころで、大樹がそれを補足した。

「少女の死体と、彼岸花」

あらかじめ、和幸からおおまかな話は伝えられていたが、改めて、それを聞かされるのは辛かった。

五十四年前、あえて蓋《ふた》をした真実が、とうとうここまで追い付いて来たのだと思った。超常現象的な祟りであれば、まだ良かった。これが呪いだというのなら、あまりにむごい。

「ああ、兄さん……」

やっぱり、そうだったのか。

＊　＊　＊

さつき達の話を聞いてから、呻いて顔を覆っていた山田省吾は、しかし、しばらくするとよろよろと立ち上がった。

和幸に支えられるようにして、壁に立てかけてあった一抱えほどもある包みを持って戻って来る。

「まずは、これを見て下さい」

省吾が、雑に巻かれた紐《ひも》を取り払い、埃《ほこり》が薄く乗った新聞紙をがさがさと剝いていく。

中から現れたそれは、一枚の水彩画だった。

黒と赤を基調とした、暗い絵である。

遠近法を無視しており、決して技巧的な絵というわけではない。だが、何が描かれているのかは一目瞭然であった。

キャンバスを縁どるようにして、鮮やかな赤い花が咲いている。その花に囲まれるようにして、中央に描かれているのは、倒れ臥した人間だった。

数えれば、それは四人いた。

全員、体から血を流して死んでいるように見えた。

家族なのだろうか。老人と夫婦らしき男女。そして——

「あ」

思わず声が出た。

残りの一人は、青い服を着た、髪の長い少女だった。

それを見た瞬間、彼女だ、と分かった。

「これは、誰の描いた、何の絵なんですか」

さつきと全く同じことを思ったのだろう。大樹が声を震わせて尋ねると、山田省吾は、かすれ声で答えた。

「この絵の作者は、鈴木正史という男です。随分親しくさせて貰いましたが、数年前に亡くなりました。私の兄……君達のお祖父さんである清孝の、戦友でした」

鈴木正史は、戦場や、抑留中の絵をよく描いたらしい。だが、家族が絵を快く思っていなかったので、彼が亡くなった際、山田省吾がそっくりそのまま譲り受けたのだという。

「この絵は、兄達の部隊が満州でソ連軍から逃げている最中、兄達の逃亡に手を貸してくれた恩人一家を、部隊の誰かが殺した直後を描いたものです」

それをやったのは、追っ手に情報を漏らされることを恐れた軍曹だと思われていた。

しかし——。

「おそらくはこの四人のうち、少女を殺したのは、兄だったのでしょう」

＊　＊　＊

全部が全部、ただの憶測だ。

中村千代子から話を聞いた五十四年前のあの日に、省吾が思いついてしまった一つの仮説。清孝の死に少しでも理由を見出したかったがために出した推論に過ぎない。それを証明するものは何一つなく、省吾と、京子が口を噤みさえすれば、それで終わりになるはずだったというのに。

──ああ、結局そうはいかなかった。

あの少女がここまで追いかけて来たのだとすれば、もう、省吾は逃げるわけにはいかないのだ。

こちらの言葉を一言だって聞き漏らすまいとしている若者を前にして覚悟を決め、省吾は重い口を開いた。

「この一家を殺害したのは軍曹だと、同じ部隊だった人間が幾人も証言しとったようですから、おそらく、それは間違いないのでしょう。でも兄は、戦後、かの軍曹は少女にだけは優しかったと言っていたそうです」

犠牲者の中には、幼い少女もいた。その手で彼らの遺体を並べた清孝が、それを忘れたとは思えない。

清孝の言葉をそのまま受け取るならば、一家を殺害した中村軍曹は、少女に対してだけ、態度が違っていたということになる。妹思いだった彼は、一家を殺害しつつも、幼い娘を殺せなかった。そして、それを知っていた清孝が、その光景を目撃していたということになるのだ。

その時、清孝が何を思ったのかは、想像するしかない。

年齢は関係ない。あっちへ行った、と指差されでもすれば、他の三人を殺した意味がなくなってしまう。みんなが起きて来れば、表立って彼女に手をかけることは出来なくなる。

それをやれるとしたら、自分しかいないという状況に追い込まれ、清孝はどうしたか。

省吾は、目の前に置かれた絵を、やるせない思いで見下ろした。

「……我々に分かるのは、翌朝には、彼女も冷たくなっていたという事実だけです」

戦友会での一件のあと、清孝は一家の殺害を擁護する立場を取っていた。

あれは、自分達が生き残るために、あくまで必要なことだったのだ、と。

兵士である以上、自分が生きて帰るためには、戦場で敵を殺さなければならない。倫理上、国際法上は問題があったとしても、自分が生き残らなければならないがゆえの殺人という意味では、あの一家の殺害は特別な意味を持たなかった。

仕方のないことだと、清孝はその行為を正当化し、その行為者を許していた。

実際、人が人を殺すという異常こそが日常である戦場において、それは「正しい」ものだったのだろう。異常な精神状態こそが、戦場においては「正解」だったのかもしれない。

だが本当は、そう思い込もうとしていただけで、人を殺した経験は、心に深く傷をつけていた。無理やり正当化し、直視しようとしなかっただけで、その傷は確かに、そこに存在していたのだ。

「兄にとっては、その傷を自覚した瞬間こそが、立体交差橋から飛び降りたあの日だったのかもしれないと思うのです」

清孝は幸せだった。

好いた女性と結婚し、可愛い娘をもうけた。もう、人を殺す必要はなく、異常であり続ける必要はなくなっていた。

仕事帰り、「お父さん」と笑顔の娘が駆け寄って来た時、彼の目に映ったものは何だったか。

仁美は、かつて清孝が殺すことを正当化した満州の少女と、同じ年頃になっていた。

夕日に照らされた道路の脇には、彼岸花が咲き誇っていた。

そこに立つ少女。満開の赤い花。

清孝はこの時になって、ようやく、自分のしたことの意味に気が付いた。

自分は、人を殺したのだ、と。

その瞬間、ある意味、戦場から帰って初めて、清孝は正気に戻ったのではないだろうかと省吾は考えている。

――戦争に負けて、「救国の英雄」はただの「殺人者」になってしまった。

たった一人の少女の死の意味が変わったことで、それまで自分がしてきた行為の意味が、全て変わってしまった。

省吾は、妻が妊娠していると分かった時に満ちた歓喜を思い出す。

産声にあふれた愛おしさ。大きくなるにつれて積もる思い出は、そのまま思いの強さになった。どんなに些細な怪我でも心配で、子どもにふりかかる火の粉は、どんなに小さくても、どんなに大きくても、全て肩代わりしてやりたかった。

幸せになって欲しい。ずっと笑顔でいて欲しい。可愛い。愛おしい。誰よりも大切な我が子。

きっと、兄が仁美に対して抱いた思いも、同じだったはずだ。

そして、大陸の地において殺されてしまったあの少女もまた、そうやって育てられたはずなのだ。

それに気付いてしまった瞬間の兄の思いは、想像するに余りあった。

笑顔の仁美。可愛い仁美。

この子が殺されでもしたら、きっと、自分は狂ってしまうだろう。

傷をつけた奴がいたら、絶対に許せない。地獄の底まで追いかけて、死ぬより辛い目に遭わせてやる。

そういうことを、自分はやった。

「お父さん」と笑顔で駆け寄る娘は、仁美は、清孝の罪そのものの形をしていた。

あの少女の亡霊が、今になって追いかけて来た。

だからこその、「ごめんなあ」だったのではないだろうか。

清孝にとって、自分が殺してしまった少女の姿と同じくらい、笑顔の我が子が恐ろしくなってしまったのだ。

「ここまで語ったのは、全て、私の想像です。間違っている可能性のほうがずっと高い。

ですが、もしこの推論が事実だったとしても——どうか、どうか信じて下さい。兄は、あなた方の祖父は、本当に心優しい男だったのです」

そんな兄が、どうしてそこまで追い詰められなければならなかったのか。

確証はないと言いながら、ここまで語れば、どうしてもやるせなさと、怒りと、悲しみが勝る。

清孝が正気に戻った瞬間に居合わせた京子は、夫を死に追いやった直接の原因が、何故か仁美にあると察していた。だからこそ、遺された手記を読み、清孝の死の理由を悟ることが出来たのではないだろうか。

間接的にでも、父親の死の原因となったのが自分だと分かれば、仁美はどれだけ傷つくだろう。そして、父親が戦地でしたことを知ったら、何と思うだろう。

京子は、それを仁美に、ましてや周囲に知られるわけにはいかなかったはずだ。

晩年、おかしなものを幻視するようになった仁美を、京子はどのような思いで見ていたのだろうかと想像すると、省吾は堪らない気持ちになる。

仁美と一緒になってお祓いに必死となっていたというから、もしかしたら、満州の少女に、本当に呪われているとでも思っていたのかもしれない。

今となっては、分かるはずもなかった。

＊　　＊　　＊

山田省吾の話を呆然と聞いていたさつき達に対し、和幸は深く溜息を吐いた。

「どうも、うちはそういう血筋らしいですね」

「そういう、というのは」

大樹がつっかえながら尋ねると、和幸は分かりやすく言い直した。

「トラウマを遺伝しやすい家系ということです」

専門用語では、「獲得形質の遺伝」や「遺伝子の修飾」と言うのが近いかもしれません、と和幸は続ける。

「ご存じですか。ホロコーストでトラウマを負った両親から生まれた子どもは、ストレス障害を継承する事例があるんだそうです」

山火事に遭った獣の子孫が、炎を異常に恐れるのは、遺伝子に刻まれた炎の記憶があるからだ。花の匂いを嗅がせたあと、電気ショックを与えるようにして育てたマウスの第二世代は、同じ香りに異様に反応するようになるという実験結果もあるらしい。

「私が幻視する死体の山は、どうも、父が満州から引き揚げる際に経験したことがもとになっているようなんです」

それに思い至った時、和幸は、自分の家系は、そういった形質がことさら強く出る一族なのかもしれないと思うようになったのだという。

とはいえ、トラウマの記憶が、明確に映像として遺伝されるという前例は、和幸が調べた限り、一つとして見当たらなかった。

「だから、そう断定することをずっと躊躇《ちゅうちょ》していたのです。しかし今日、あなた方の話を聞いたおかげで、やっと確信が持てた気がします」

もしかしたら、世の中の霊視する例のいくつかには、私達のような人間が交じっているのかもしれませんねと和幸は弱く笑う。

本人が気付いていないだけで、先祖のトラウマを見てしまう人々。

「だったら」

言いかけて、さつきはそのまま口を噤んだ。

もしその仮説が正しいとするならば、さつきと大樹は今日、計らずも、祖父が戦場で犯した罪を証明してしまったことになる。

彼岸花と、少女の死体。

どうして、何で――私を殺すの。

その瞬間の光景は、清孝にとって、遺伝子に刻み付けられるほどのトラウマだった。

どうしてお前が生きている。死ね、死ねと繰り返す声は、おそらく、祖父の自責の声だ。

「むごいことだ。本当に」

そう呟き、省吾は肩を落とし、顔を両手で覆った。

トラウマは、呪いとなって本人を殺し、その娘を殺し、今もなお、子孫を苦しめている。

「私達、どうしたら良いんでしょう」

力なく言ったさつきに、和幸は苦く笑った。

「どうしようもない。諦めるしかないですよ」

あらゆる薬や治療法を試しましたが、この年になるまでそれが見えなくなることはありませんでしたと、和幸はこともなげに言う。

「私が山盛りの死体と共に生きているように、君達も、彼女と一緒に生きていくしかない。覚悟を決めるんです」

祖父の犯した、罪の記憶と共に。

＊　　＊　　＊

帰りのタクシーの中では、音楽を聴かなかった。

頭の奥がしびれていて、まともに思考することすら覚束《おぼつか》ない。

全く考えもしなかった「真相」だった。あくまで想像だと省吾や和幸は言っていたが、ただの偶然と断言するには、あまりに符合し過ぎている。

「聞かないほうが良かったか」

助手席にいた父に問われ、顔を上げる。

さつきは答えられなかったが、隣にいた大樹はわずかな間を置いて、「いいや」ときっぱり言ってのけた。

「俺があれを見るようになって一番嫌だったのは、あやねを怖いと感じるようになったことなんだ」

思えばさつきも大樹も、幻影を見るようになった契機はあやねだった。

殺されてしまった満州の少女と、同じ年頃の娘。

母が幼いさつきを異様に怖がったのも、おそらくはそのせいだったのだ。話を聞いた今なら、あやねも、さつきも、トラウマのトリガーになっただけだと分かる。

「俺は、あの子が誰なのか分かって良かったと思う。少なくとも、もう、あやねを必要以上に怖がらなくて良いんだから」

大樹は、視線を車窓の外に向けて言った。

「やっと、家に帰れる」

うんと声を上げて伸びをした大樹に、「そうだな」と父も頷く。

「和幸さんはああ言っていたが、トラウマは、治療次第では克服出来るらしいぞ。前にテレビで見たことがある」

「テレビで？」

大真面目に言う父を、大樹が茶化すように笑った。

「それって、自分のトラウマでなくても効果あるのか」

「さあ。だが、過去のことを、今のこととして捉え直すことで、乗り越えるんだそうだ」

「今のこととしてね……」

少し黙ったのち、大樹は「何だったら、中国に行くというのも良いかもしれないな」と言いだした。

「そこで線香をあげて、手を合わせたとしてさ。祖父さんのしたことが許されるとか、慰霊になるとかは思わないけど。でも、俺があの子と向き合うきっかけにはなると思うんだ」

「その時は、私も一緒に行くよ」

助手席から身を乗り出すようにして言った父は、そこで、運転手に行き先を変更して欲しいと告げた。

どこか、せいせいした顔で語り合う父と大樹を、さつきはぼうっと見つめていた。

＊　＊　＊

表札に、クマとウサギのシールの貼られたマンションの一室を前にして、大樹は緊張した面持ちをしている。

ほら、と父に促された大樹は大きく息を吸うと、インターフォンのボタンを押す。応答する鞠香の声に、「俺だけど」とぶっきらぼうに告げると、鋭く息を吸う音がした。

急ぐ足音のあと、勢いよく開かれた扉の向こうには、大きく目を見開いた鞠香が立っている。

慌て切っている妻に、大樹は少し笑った。

「ただいま」

「お帰りなさい！　ほら、あやちゃん、パパにお帰りって」

顔を輝かせた鞠香は、そう言って振り返った。

リビングから走って来たあやねは、立ち尽くして目をまん丸にしていたが、「ただいま」と父親に笑いかけられると、急に、顔をくしゃくしゃにした。

「お、お帰りなさい」

かがんで手を広げた父親に駆け寄り、タックルするような勢いで抱きついて来る。大樹に抱っこされると、あやねは父親の肩に顔をうずめ、しゃくりあげながらこう言った。

「パパ、あやのせいで、もう帰って来ないかと思った！」

それを聞いた大樹は息を呑むと、言葉に詰まったのち、「ごめんな」と呟いた。

「ごめんな、あやね。ごめんなあ」

涙目であやねを抱きしめる大樹を見て、鞠香も笑いながら泣いている。

そんな家族を、父はほのかに笑みを浮かべ、あたたかく見守っていた。

幸せそうな家族の姿である。

まるで夢の中にでもいるような心地でそれらを眺めていたさつきの胸に、突然、言いようのない強い思いが去来した。


何だこれ、と。

それは、自分でも驚くほど唐突に湧き起こった、他人には決して見せられないような、汚くて醜い感情だった。

「さつき?」

父に呼びかけられたが、到底、答える気にはなれない。無言のまま玄関を出て、足早に階段を下りていく。

「待ちなさい」

父が追いついたのは、敷地を出てマンションの前の歩道まで出て来たところだった。いきなりどうした、と父に手を取られた瞬間、胸の中で渦を巻いていた、どす黒いものが爆発した。

「どうした、じゃないでしょ。お父さんもお兄ちゃんも、どうして笑っていられるの」

父の手を振り払い、幼稚な怒りに任せて叫ぶ。

山田親子から告げられた言葉を、あっさりと呑み込んでしまった父と兄が、自分とは違う生き物のように思えてならなかった。

「何なの。中国行って、線香をあげるって、馬鹿じゃないの。それで何か解決するわけ。私は、怖いものを見ずに済むわけ」

大樹はこれまで、何を見ていたのか。

自分の帰りを喜ぶ娘を抱きしめ、これまで苦労をかけた妻の優しさにあぐらをかき、無邪気にハッピーエンドを喜ぶ姿は全くもって馬鹿げて見えた。

母は、父と兄と自分を苦しめた。そして兄はまさに今、鞠香とあやねを苦しめているのだ。

将来、あやねも、自分達と同じものを見て怖がる日が来るかもしれないことを思えば、呑気《のんき》に笑ってなどいられるはずがない。自分のせいで他人を苦しめておいて、へらへらしていられるほど、さつきはおめでたい人間ではないのだ。この症状のせいで、結婚相手や子どもにも辛い思いをさせる可能性を考えたら、結婚も出産も絶対に出来ないと思った。

祖父のトラウマは、一体、いつまで続くのだろう。

これからずっと、あの陰気な少女の死体と生きていかなければならないという見通しは、さつきの人生をめちゃくちゃにしてしまった。

きっと自分は、平凡でありふれた一生を送るのだと思っていた。

普通に就職して、恋をして、結婚して子どもを産んで、時々旅行に行ったりする。

そういう、普通に手に入ると思っていた幸せが、あれのせいで、手の届かない贅沢《ぜいたく》なものになってしまった。

真相と思しきものが分かったところで、結局、諦めるしかないのだと言われてしまったら、それは、ちっともさつきの救いになどならなかった。

「そもそもあの話は、全部あの人達の憶測じゃない。本当にあったかどうかも怪しい話を真に受けるなんて、どうかしてる」

そう叫ぶさつきの声も表情も、自分でも笑えるくらい引きつっている。

「お父さんもお兄ちゃんも、どうして、謝るとか、そっちのほうに考えがいっちゃうの。お祖父ちゃんが可哀想だと思わないの」

めちゃくちゃなことを言っていると分かっている。だがそれ以上に、祖父が可哀想で、自分が可哀想でならなかった。

「どうして、そんなことで――私まで苦しまなきゃいけないの！」

さつき、と咎めるような語調で呼びかけ、父は再度こちらに手を伸ばして来た。

「うるさいっ」

怒りに任せてその手を叩き落し、さつきは父に背を向け、がむしゃらに走り出した。

ぎゅっと目をつぶっても、とめどなく涙があふれてくる。

ひどい八つ当たりで、とんでもない自己嫌悪だった。

死にたいわけではないのに、強烈に今、死んでしまいたいと思った。

涙で目が霞む。

頭が痛い。

気持ちが悪い。

苦しい。悲しい。

助けて、死にたくなんかない。でも、今すぐ死んでしまいたい。

死にたくないのに、死にたい。

死にたい——死にたい！


「なら、死ねば良い」


苛烈な一言は、さつきのすぐ近くで発せられた。

ぎょっとして目を開いたさつきの視界に飛び込んで来たのは、こちらを恨めしそうに睨み据える、洞のように大きくて真っ黒な瞳だった。

今にもぶつかりそうな距離、さつきの顔のほんの数センチ前に突如として現れた顔に、反射的に足が竦んだ、その時だった。

「さつき！」

聞いたことのないような父の叫び声がした。

耳を聾《ろう》するようなクラクションと、タイヤをアスファルトが削る音。

周囲から、いくつもの悲鳴が上がる。

目の前の少女が不意に消え、代わって現れたのは、巨大な鉄の塊だった。

大型トラックが鼻先をかすめ、風圧で髪がぐしゃぐしゃになる。強く手を引かれたさつきは、気が付くと、父の腕の中に倒れこんでいた。

父の心臓が、すさまじい勢いで早鐘を打っているのが聞こえる。

ゴムの焼け付く焦げ臭さと、目の前の道路に残った黒いタイヤ痕。

馬鹿野郎、と焦ったような怒号がトラックから飛んで来て、たった今、自分は轢《ひ》かれかけたのだと分かった。

「さつき、さつき!」

怪我はないか、大丈夫かと、父は額に冷や汗を浮かべ、さつきの体をあちこち確めている。

そんな必死の父の呼びかけには応じず、さつきは呆然と、先ほどまで自分の立っていた場所を眺めていた。

あの少女が見えなければ、きっと自分は死んでいた。

「お父さん」

自分の声がぼやけて聞こえる。

「今、今ね、あれが来たの」

これまで、さんざんさつきを苦しめてきた、少女の亡霊。

しかしそれは、さっきの自分には、満州の少女に見えなかった。

「私——あれが、お母さんに見えた」

そして、死ねば良いと聞こえたはずなのに、死んでくれるなと言われた気がした。

それを聞いた父が、静かに息を吞む。

じっと、さつきと父は見つめ合った。

全ての音が遠い。

この世に、父と自分だけしか生き残っていないかのような感覚だ。

たった今死にかけたばかりだというのに、まるで、母が亡くなってすぐの頃、父の布団で一緒に眠っていた時のような、あたたかな安心感に包まれている。

ややあってゆっくりと頷いた父は、今にも泣きそうな顔で、さつきに向かって微笑みかけたのだった。

「……お前にそう聞こえたのなら、きっと、そういうことなんだろう」

それがきっと、さつきにとっての〝答え〟だった。

父は立ち上がると、パン、と服についた埃を払い、無造作に手を差し出して来た。

「帰るか」

子どもに戻ったような気持ちで、うん、と頷き、さつきは素直にその手を取った。

振り返ると、さつきが轢かれかけたその場所に、うっすらとした少女の青い影を見た。彼岸花に囲まれ、ぼんやりとたたずむその姿。それが、満州の少女なのか、母なのかは分からない。

——でも、私は、彼女と共に生きていく。

諦念ともやや異なったそれは、不思議とすんなりさつきの中に落ちた。

怖くないわけではない。だが今は、先ほどまでの焦燥感が、嘘のように消えてなくなっていた。

対談

あの「記憶」を引き継いで

中島京子×阿部智里

阿部　実は、二年前の松本清張賞の授賞式後のパーティーで、中島さんから「阿部さんの小説『発現』が面白かった」という言葉をいただいて、私はすごく救われた気持ちになったんです。雑誌のレビューでも『発現』を取り上げていただいて、ぜひ一度、じっくりお話しできたらと思っていました。

中島　『発現』は、実際にすごく面白く読みました。この小説のどこに惹かれたかというと、「記憶」というものが継承される、あるいは遺伝するということが書かれていますよね。よく戦争体験を語り継ぐとか、体験を後世に伝えていくという言葉を耳にしますが、他人の「体験」はあくまで自分のものではない。詳細な記録を引用することや、読書という体験はできますが、それは一次的な体験とは別なものだと思います。ところが「記憶」というものは、「体験」がもっと形を変えたもので、ある意味、人から人へ引き継げるものではないか——。

『発現』の中では、悲惨なトラウマを引き継いでしまうわけですが、重要な意味がそこにはあるように感じました。私より少し上の世代の方の父親は、出征経験のある方が大勢いたけれど、そこで見たであろう凄まじいものはほとんど語られてこなかった。でも何らかの形で子供たちは、記憶を受け取っている。最近、村上春樹さんがお父様のことを書かれたものを読んでいても、ことさら体験談を聞かされたわけではないのに、やはり父の記憶というものが受け継がれているように思い、私自身もよく父の「体験」と自分の「記憶」について考えています。

阿部　人間は自分が他者に嫌なことをされた時、それを語ることはするけれど、自分が他者に嫌な行為をしてしまったことを語る時には、どうしても口が重たくなると思うんです。小学生の頃の恩師の話なのですが、先生が学生だった頃、ある教師が自分の戦争での武勇伝を面白おかしく語っているのを聞いて、すごい反発を覚えたそうなんです。先生は戦争で大切な方を亡くされていて、「なぜそのように誇らしげに戦争のことを話せるのか、理解できない」と。総じて人間にはこういうところがありますよね。

中島　昭和史家で亡くなられた半藤一利さんが、戦争についての話を聞きにいくと、とにかく相手は嘘ばかりつく。特に手柄話ばかりする人間は、ほとんど嘘をついているとおっしゃっていましたね。

阿部　歴史を勉強していた時に感じたのが、実際に起こったことがそのまま歴史になるわけではないということ。起こった事実を後世の人が改めて意味づけをして、はじめて「歴史」として継承されるということです。人々に語られなかった体験は、もはや歴史として残ることもなく失われていく。私自身は、学校の授業や取材を通して戦争体験者の方のお話を実際に伺うことも出来ましたが、この先はそういった機会を得られない世代がどんどん生じていくでしょう。

その時に、実際の体験はしていないけれど、話を聞いた人間がどのように受け止めたのか。私たちの世代の記憶として、もう一度、再構築する必要があると考えて書いたのが、『発現』でした。ただそれは本当に難しくて、戦争の辛さや悲惨さについては、実際にそれを体験された方が書き残されているものがあるわけで……その上で新たに戦争を描くということは、二次情報や三次情報を受け取った世代が、今、どのようにそれらの記憶を受け止めたかという話になっていくんじゃないかと考えたんです。

中島さんの『小さいおうち』でも、主人公の甥の次男が出てきますよね。彼がいることによって、世代間の認識の差を明らかに感じることが出来ました。『夢見る帝国図書館』でも、必ず現代っ子の視点で回想されるというか、戦争を体験した当事者ではなく、断片的な記憶を見聞した人物の視点で最後を引き取られています。フィクションなので主人公自らに語らせることも出来たはずなのに、あえて読者に近しい世代の人物から見たものを語らせているところに、当時を生きていた人への敬意が表れている気がしました。

中島　体験は引き継げないという話をしましたけれど、自分がその時代を生きた人として語る書き方には躊躇があるんですね。私は戦争文学を読むのが好きで、それこそ戦後派の作家など、戦争に実際に行った人の書いた作品は沢山あるし、私たちはそれをぜひ読むべきだと思います。すべてがダイレクトに書かれているわけではないけれど、彼らから「受け取った」ものが多くて、その気持ちが『小さいおうち』や『夢見る帝国図書館』に通じていったのかもしれません。

小説だから出来ること

阿部　中島さんの作品はどれも、まるで自分がその場に居合わせたかのようなディテールで描写をされますよね。私はずっとファンタジーを書いてきて、ファンタジーの世界であれば自分が見えると思ったものは、「見える」で済むんですけど、過去に起こったことや現実世界で起こっていることは、自分が感じ取っていることが、そのまま正解だとは限らない。『発現』を書いている時は、確信を持って表現できない怖さがずっとつきまといました。中島さんがご自身で作品を書いている時、心掛けていることや、意識していることはありますか。

中島　やはり自分の知らない時代のことで、しかもまだ生きている方もいる時代のことを書くのは、いつだって怖いですね。その怖さは常に離れないけれど、逆に自由自在に書けると思ってしまっても、小説家として拙いだろうという気持ちがあります。当時の新聞や雑誌や日記など、ディテールを一生懸命調べるんですけれど、それが小説を書くことに直接つながるかといわれると違うような気もします。

　その時代をよく知る人に「ああ、こうだったわ」と言ってもらえるように書くには、当時の勉強が必要だというのは大前提として、私はあえてあまり書きすぎないようにもしています。たとえ同時代に生きた全く別の人の記憶が書かれていても、自分のよく知っていることと異なっていたら、「これは私の体験じゃない」と不愉快な気持ちになるでしょう。行間に読者の方は自分の記憶を重ね合わせるので、その塩梅が難しいところです。

阿部　私は読ませていただいていて、どうやったらこんなに実感を伴ってあの時代を描けるのか不思議で、尊敬と同時に嫉妬を覚えるくらいでした（笑）。

中島　私は単純にその時代のことを知りたいという気持ちが、すごく大きいんですね。なぜ知りたいかというと、過去を知ることが、自分が今を生きるために必要だと思うから。特に戦争中や戦後のことは、それこそ誰にも語られなかったこと、分からないことが沢山あって、でもそれらは今の私たちと密接に繋がっている。小説家だけではなく、歴史学者の方や社会学者の方も解明しなければいけないことで、戦争だけに限らないけれど、あの戦争はものすごく世界を変えたし、日本の価値観も変えたわけだから、そこを知るのは非常に大事だと思っています。

阿部　今となっては語りたくないことを国家規模で行ってきた時代、そこに生きていた人々の血は、脈々と今の私たちに受け継がれているわけですしね。

中島　まず私自身が理解したいというのがあって、後世にそれを伝えていかなければという使命感はあまりない。小説というのは、読者の方が作品を読んでいる過程で、作家と一緒に、あるいは登場人物と一緒に旅をするようなもので、色々なことを考えるプロセスを共有するものだと思っています。私が学んだり考えたりしたことが、小説という形で読者にも共有してもらえるなら、それはいいことなんじゃないか……。

私たち作家は戦争体験の「嘘」について書くこともできるし、嘘を言った人物について掘り下げることもできる。その人の言ったことをその通り書かなければいけないものでもない。阿部さんがおっしゃるように体験したこと、記憶したことを、私たちがどう受け止め、次にどう渡していくかということにおいて、結構開かれているし、色々と考えることのできるツールが小説だと思います。

阿部　小説を書く上で、現実への問題意識はありますが、それを実際に体験していない自分が、賢《さか》しらに「こうなんだ！」と言い切るのは、何かが違う気がするんですよね。さらに自分がそれを出来ると思って書いたとしたら、その瞬間に意味がなくなるような気がします。

中島　変質してしまうというか、プロパガンダになるというか……。

阿部　私個人はそうはなりたくないと考えていて、自分の作品の中に何らかの意図や伝えたいものがあったとしても、必ず問いかけの形にしたいと考えています。『発現』を書く目的のひとつにもなったのは、戦争に対して自分なりの標識を立てるということでした。何か一つ事件が起きたら、当然、近くにいた人ほどその様子はよく分かっているはずです。でも、私がこの地点から見た時にはこう見えたという標識を出さなければ、さらに遠いところにいる人にはもっと何が起こったのかは分からなくなる。後の世代や異なる立場の人が見たらどう感じるのか分からないけれど、とりあえず「今の私にはこう見えた」ということを残そう、という感覚でした。

中島　よく講演会などで、「この小説で何を訴えたかったのか、答えを私に教えてください」と聞かれることがありますが、小説を読んでそこから何かの答えがもらえることはないし、それは小説の役割でもないだろうと思います。あくまで小説というのは考えることのきっかけを見つける材料、いわばプラットフォームを提供している感覚でしょうか。自分の関心のあるものを書いて、読者の方に共感してもらえたら有り難い、くらいの気持ちで書いています。

阿部　私もファンタジーを書いている時は標識という意識はないですね。プラットフォームというのは、小説すべてに共通する本質的なところかもしれません。

中島　やはり小説というのは究極、読んでその時間を楽しむもの。楽しいというのは笑えるとか、いい気持ちになるという意味だけではなく、不快な気持ちになることにも読書の魅力はあるんじゃないかと、私自身は思うんです。

戦争をエンタメとして書く

阿部　エンタメとして戦争をどう扱うか……大きな課題というか、常に悩ましいところですよね。私の個人的体験ですが、毎年八月になると必ず放送される戦争もののドラマを、あまりにも悲しいし辛いので、もう観るのが嫌だと思った時期があったんです。母に「こういうものはきちんと観ないと」と叱られて、ちゃんと観なければと思ったものの、勉強するがごとく、「○○しなければ」と思った時点でエンタメとしての限界が見えた気がして、難しさがあるな、と。

おそらく繰り返し同じ文脈やレトリックが使われてしまうと、人間は単純に飽きるし食傷気味になる。与えられたテーマ自体が「またこの言い方か」と、むしろメッセージ性が軽んじられる危険性もあるような気がしました。大事なテーマを継続して議論し続けるためにも、エンタメとして成立する、時代に合った表現方法は模索する必要があるんじゃないか……最近のエンタメ作品にもそういった傾向はあるように感じています。

自分の『発現』にもその志はあったんですが、果たしてうまくいったかどうか（苦笑）。

中島　新しいアプローチは確かに必要ですよね。阿部さんの場合、ファンタジーの読者を大勢持っていらっしゃるだけに、戦争をテーマに書かれるのは、それだけでも冒険だったでしょう。

阿部　そうですね。執筆当時はまだ大学院に在籍して歴史を勉強していただけに、歴史を小説にするということが、果たして許されるのだろうかともゴチャゴチャ悩みました。

中島　『発現』はかなり恐ろしい話ではあるんだけれど、私はすごく面白く読んだし、本質的にはとても優しい話だと思ったんですね。不条理に殺された満州の子どもというのは、とても可哀想で、誰にも救われないし、本来だったら誰の記憶にも残らない。だからあそこで死んでしまった女の子がいたことが、誰かに記憶されるだけでも意味があるし、小説というツールだからこそ、その記憶を拾えたんだと思います。

阿部　あの事件は実際にモデルがあって、実は亡くなった子どもを見つけた元兵士の方のお話を聞いたことが、執筆のきっかけだったんです。私が書くことによってフィクションになってしまうことへの逡巡もあって、そういった証言の部分については、可能な限り嘘を書かないようにしたつもりです。

中島　小説ではないんですが、『焼肉ドラゴン』で知られる鄭義信さんが、脚本と演出を手掛けた「赤道の下のマクベス」という舞台を数年前に観て、やはりこれも戦争による悲劇を描いた作品でした。戦中の捕虜収容所での虐待を罪に問われ、ＢＣ級戦犯として死刑執行を前にした朝鮮人の元日本兵たちの人間ドラマで、本当に胸をえぐられました。実際に戦犯として処刑された彼らのことを、私はまったく知らないわけですが、それが今でも心に居座り続ける存在になった。小説にしろ、戯曲にしろ、創作というものの意味がそこにある気がします。

阿部　資料や論文とは違った部分で、読んでいる人や見ている人を動かすことができるのは、エンタメの強さだと思うんです。一方で、心に影響を与えるからこそ、感情的になって冷静な議論を殺してしまう恐れもある。その影響力を過信してもいけないし、甘くみてもいけない。小説という形にして世にだすからには、その力を知りつつも、決して驕ってはいけないと自戒しているんですけれど。

中島 小説に出来ることにはもちろん限界はありつつも、一方で影響力は無視できないですよね。ところがその影響力は作者のコントロールできないところにあって――『小さいおうち』を刊行したのは二〇一〇年で、当時、「戦争の時代でもこんなに明るく楽しいこともあったなんて知りませんでした」という、反響が多く寄せられました。確かに自分も戦争といえば暗くて辛いものだというイメージはありましたけれど、調べていると黒や灰色一色ではなく、色んなグラデーションがあった。それを書きましたが、自分自身は能天気に書いたつもりはなく、明るいという感想はショックでした。

ところが一四年に映画化された頃、時代の空気の流れが、世界的に右傾化と言うか少し変わってきていたんですね。すると、『小さいおうち』は「今の時代に似ている」「知らないうちに軍靴の音が近づいている」怖い小説だという感想が、どんどん寄せられるようになりました。短い期間でこれほど、読まれ方が変わるというのは驚きの体験でした。

阿部 それも小説ならではですね。読者の方の感想に不正解はないわけで、たとえ作者の意図と違う解釈があったとしても、それは違うとは言えないですしね。

中島　読まれ方をコントロールできないからこそ、自分が書く時には、自分自身がある程度のことではぶれない、こういうものを書きたいんだということを、しっかり持っていないと、変なものを世に送り出してしまうことになりかねないと思いました。

阿部　自分がなぜこれを描くのかをしっかり持っていなければ、小説を書けなくなる日が来るだろうと以前から思っていたので、中島さんの話は非常に胸に響きました。『発現』で自分が不得手なところ、さらに自分が絶対やらないと考えていた領域に踏み込んでしまったのは、大学で元兵士の方のお話を聞いた時の衝撃がひとつのきっかけでした。あの時は題材に引き寄せられた感じがしたんです。いつの間にか書くことになっていたのは、私にとって書く必要があったからだと思います。

本当は加害者の中の被害者意識が書きたくて、もっとミステリーによったものにするつもりだったのが、まったく違う形になって世に出た時には、「本当にこの形でよかったんだろうか」とずいぶん自問自答しました。でももうそういう次元ではなく、そうならざるを得なかった、何か大きいものの手先になったような感じというのか……。

中島　書いているとこの題材に呼ばれたんだと思ったり、出会ってしまったら書かないわけにはいかないという気持ちは、すごくよく分かります。『夢見る帝国図書館』でも確かにそういうところがありました。ある程度調べてはいるけれど、上野の浮浪児について こんなふうに書いていいのだろうか、とフィクションとして描くことの迷いは、いつものようにあって、「これでいいんでしょうかね」と、登場人物と対話するような感じで書いたのを覚えています。

でも面白いのは書きあがって本になってしまうと、自分の手からは離れてしまうんですよね。それこそデビュー作の時は、自分の子どものように思っていた本が、プロの装丁家の手にかかって綺麗なカバーもかけてもらったら、成人式を迎えたような気分で（笑）。

阿部　親元から離れて、独り立ちしていくみたいな感じで（笑）。書いている時には作品の神様は自分だと思っているんですけれど、世に出る作品の神様は、また別にいるのかな、という気はします。

中島　阿部さんも含めて、たとえば川越宗一さんの『熱源』や坂上泉さんの『インビジブル』のように、第二次世界大戦も含めた近代史を題材にした小説を書かれる若い方がどんどん出てきているのは、時代の要請というか、やはりそれを書かなければならない、あるいは考えなければならない何かがあるのかもしれませんよね。今は価値観がものすごく変わろうとしてるから、ドラスティックに何かが変わったり、大変なことがあった時代から、何かを学びたいということがあるんだろうと思います。
あとは松本清張さんが、清張賞を受賞された皆さんにパワーを送っているのかもしれない。坂上さんに「次は戦後すぐの大阪府警を書けー」と、清張さんが念じる姿が思い浮かぶようで（笑）。
阿部　同じ清張賞作家の蜂須賀敬明さんの『焼餃子』も、戦時中の満州などを舞台にした作品でした。私が『発現』の時に思いもよらない流れに飲み込まれていったのも含めて、すべて清張先生の思し召しということでしょうか⁉
中島　絶対にそうだと思います（笑）。

（「オール讀物」二〇二一年六月号）

なかじまきょうこ◎作家。二〇一〇年『小さいおうち』で直木賞、二〇一五年『長いお別れ』で中央公論文芸賞・一六年日本医療小説大賞、二〇二〇年『夢見る帝国図書館』で紫式部文学賞ほか受賞多数。二〇一七年から二〇二一年まで松本清張賞選考委員。

この作品はフィクションであり、登場する人物、団体名、事象等は実在するものとは関係ありません。

作中に登場する「満州」「パンパン」等、現在では不適切と思われる表現は、当時の使用例に鑑みてそのままに記載しています。また、戦争に関する描写については、複数の資料や体験者等への取材をもとに一つの例をフィクションとして構成したもので、政治上の解釈等を意図するものではありません。

主 要 参 考 文 献

- 松本茂雄『火焼山』文藝書房、1999年
- オリヴァー・サックス 著／大田直子 訳『幻覚の脳科学　見てしまう人びと』早川書房、2014年
- 満蒙開拓平和記念館編『証言　それぞれの記憶』満蒙開拓平和記念館、2013年
- 満蒙開拓平和記念館企画『満蒙開拓平和記念館（図録）』満蒙開拓平和記念館、2015年
- 高田保隆『満洲覚書　まぼろしの王道楽土満洲国でのチビの苦難体験』文芸社、2010年
- 稲田龍一『医師として人間として　軍医・抑留体験を経て』新日本新書、1988年
- 大櫛戊辰『炎昼　私説　葛根廟事件』文芸社、2014年
- 松崎朝樹『統合失調症のみかた，治療のすすめかた』中外医学社、2017年
- 陣野守正『教科書に書かれなかった戦争　先生、忘れないで！「満州」に送られた子どもたち』梨の木舎、1988年
- 秋本吉徳『常陸国風土記　全訳注』講談社学術文庫、2001年
- 寺沢秀文『語り継ぐ「満蒙開拓」の史実　「満蒙開拓平和記念館」の建設実現まで』信濃史学会『信濃』第65巻第3号2013年収載
- 松本茂雄氏講演会リーフレット『私が体験した戦争と抑留』2015年／2016年
- Dias B.G., Ressler K.J. "Parental olfactory experience influences behavior and neural structure in subsequent generations." *Nature Neuroscience*, January 17, 2014. https://www.ncbi.nlm.nih.gov/pubmed/24292232
- Rachel Yehuda, Nikolaos P. Daskalakis, Linda M. Bierer, Heather N. Bader, Torsten Klengel, Florian Holsboer, Elisabeth B. Binder "Holocaust Exposure Induced Intergenerational Effects on *FKBP5* Methylation" *Biological Psychiatry*, September 1, 2016. https://www.biologicalpsychiatryjournal.com/article/S0006-3223(15)00652-6/abstract

＊WEBサイトのURLは単行本発行時点のものです。

取材協力　松本茂雄
　　　　　満蒙開拓平和記念館
　　　　　藤原悠紀（日本学術振興会 特別研究員）

本書の執筆にあたり、多大なるご協力を頂いた方々に心からの御礼を申し上げます。

特に戦争の記憶や記録に関しては、松本茂雄氏の証言とその著作である『火焼山』、および満蒙開拓平和記念館への取材や複数の資料等から、大きな示唆を賜りました。

その他にも多くの方々によるお力添えなくして、『発現』は完成しませんでした。ここに、深く感謝の意を表します。

単行本　ＮＨＫ出版　二〇一九年一月刊
ＤＴＰ制作　エヴリ・シンク

文春文庫

発《はつ》現《げん》

定価はカバーに
表示してあります

2021年8月10日　第1刷

著　者　阿《あ》部《べ》智《ち》里《さと》
発行者　花田朋子
発行所　株式会社 文藝春秋

東京都千代田区紀尾井町3-23　〒102-8008
TEL 03・3265・1211㈹
文藝春秋ホームページ　http://www.bunshun.co.jp

落丁、乱丁本は、お手数ですが小社製作部宛お送り下さい。送料小社負担でお取替致します。

印刷製本・凸版印刷

Printed in Japan
ISBN978-4-16-791734-0

（　）内は解説者。品切の節はご容赦下さい。

菩提樹荘の殺人
有栖川有栖

少年犯罪、お笑い芸人の野望、学生時代の火村英生の名推理、アンチエイジングのカリスマの怪事件とアリスの悲恋。「若さ」をモチーフにした人気シリーズ作品集。（円堂都司昭）

あ-59-2

烏《からす》に単《ひとえ》は似合わない
阿部智里

八咫烏の一族が支配する世界「山内」。世継ぎの后選びを巡る有力貴族の姫君たちの争いに絡み様々な事件が……。史上最年少松本清張賞受賞作となった和製ファンタジー。（東　えりか）

あ-65-1

烏《からす》は主《あるじ》を選ばない
阿部智里

優秀な兄宮を退け日嗣の御子の座に就いた若宮に仕えることになった雪哉。だが周囲は敵だらけ、若宮の命を狙う輩も次々に現れる。彼らは朝廷権力闘争に勝てるのか？（大矢博子）

あ-65-2

黄金《きん》の烏《からす》
阿部智里

八咫烏の世界で危険な薬の被害が次々と報告される。その行方を追って旅に出た若宮と雪哉は、最北の地で村人を襲い喰らい尽くす大猿に遭遇する。シリーズ第三弾。（吉田伸子）

あ-65-3

空棺《くうかん》の烏《からす》
阿部智里

人間にかわり八咫烏が支配する世界「山内」。山内のエリート武官を養成する学校で切磋琢磨する少年たちの青春の日々を彩る、冒険、謀略そして友情。大人気シリーズ第四弾。（大森　望）

あ-65-4

玉依姫《たまよりひめ》
阿部智里

八咫烏シリーズはここから始まった——。女子高生・志帆が、母の故郷の山奥で遭遇したおぞましきものとは。ついに明らかになる異世界「山内」の秘密。八咫烏たちの命運はどうなるのか。

あ-65-5

弥栄《いやさか》の烏《からす》
阿部智里

大地震に襲われた山内。崩壊の予感が満ちる中、若宮の記憶は戻るのか。猿との最終決戦に臨む参謀・雪哉のとった作戦とは——すべての謎が明かされる、シリーズ第一部完結！（対談・夢枕　獏）

あ-65-6

（　）内は解説者。品切の節はご容赦下さい。

中島京子
小さいおうち
昭和初期の東京、女中タキは美しい奥様を心から慕う。戦争の影が濃くなる中での家庭の風景や人々の心情。回想録に秘めた思いと意外な結末が胸を衝く、直木賞受賞作。（対談・船曳由美）
な-68-1

中島京子
のろのろ歩け
台北、北京、上海。ふとした縁で航空券を手にし、忘れられぬ旅の光景を心に刻みこまれる三人の女たち。人生のターニングポイントにたつ彼女らをユーモア溢れる筆致で描く。（酒井充子）
な-68-2

中島京子
長いお別れ
認知症を患う東昇平。遊園地に迷い込み、入れ歯は次々消える。けれど、難読漢字は忘れない。妻と3人の娘を不測の事態に巻き込みながら、病気は少しずつ進んでいく。（川本三郎）
な-68-3

七月隆文
天使は奇跡を希《こいねが》う
良史の通う今治の高校にある日、本物の天使が転校してきた。正体を知った彼は幼馴染たちと彼女を天国へかえそうとするが。天使の嘘を知った時、真実の物語が始まる。文庫オリジナル。

な-75-1

額賀　澪
屋上のウインドノーツ
引っ込み思案の志音は、屋上で吹奏楽部の部長・大志と出会い、人と共に演奏する喜びを知る。目指すは「東日本大会」出場！圧倒的熱さで駆け抜ける物語。松本清張賞受賞作。（オザワ部長）
ぬ-2-1

額賀　澪
さよならクリームソーダ
美大合格を機に上京した友親に、やさしく接する先輩・若菜。しかし、二人はそれぞれに問題を抱えており――。少年から青年に変わっていく、痛くも瑞々しい青春の日々。（川﨑昌平）
ぬ-2-2

林　真理子
最終便に間に合えば
新進のフラワーデザイナーとして訪れた旅先で、7年ぶりに再会した昔の男。冷めた大人の孤独と狡猾さがお互いを探り合う会話に満ちた、直木賞受賞作を含むあざやかな傑作短編集。

は-3-38

（　）内は解説者。品切の節はご容赦下さい。

青柳碧人
西川麻子は地球儀を回す。
突如密室に出現したアリの大群。女性マンガ家が企んだ完全犯罪。恋人の刑事を悩ます事件を「地理ガール」西川麻子が地理の知識で解決。ミステリー史上初の「地理ミス」第2弾！

あ-67-3

青柳碧人
国語、数学、理科、誘拐
進学塾で起きた小6少女の誘拐事件。身代金5000円、すべて1円玉で?!　5人の講師と生徒たちが事件に挑む。「読むと勉強が好きになる」心優しい塾ミステリ！（太田あや）
あ-67-2

青柳碧人
国語、数学、理科、漂流
中学三年生の夏合宿で島にやってきたJSS進学塾の面々。勉強漬けの三泊四日のはずが、不穏な雰囲気が流れ始め、ついには行方不明者が！　大好評塾ミステリー第二弾。

あ-67-4

天祢　涼
希望が死んだ夜に
14歳の少女が同級生殺害容疑で緊急逮捕された。少女は犯行を認めたが動機を全く語らない。彼女は何を隠しているのか？　捜査を進めると意外な真実が明らかになり……。（細谷正充）
あ-78-1

秋吉理香子
サイレンス
深雪は婚約者の俊亜貴と故郷の島を訪れるが、彼には秘密があった。結婚をして普通の幸せを手に入れたい深雪の運命が狂い始める。一気読み必至のサスペンス小説。（澤村伊智）
あ-80-1

池井戸　潤
株価暴落
連続爆破事件に襲われた巨大スーパーの緊急追加支援要請を巡って白水銀行審査部の板東は企画部の二戸と対立する。日本経済の闇と向き合うバンカー達を描く傑作金融ミステリー。

い-64-1

乾《いぬい》　くるみ
イニシエーション・ラブ
甘美で、ときにほろ苦い青春のひとときを瑞々しい筆致で描いた青春小説――と思いきや、最後の二行で全く違った物語に！「必ず二回読みたくなる」と絶賛の傑作ミステリ。（大矢博子）
い-66-1

（　）内は解説者。品切の節はご容赦下さい。

セカンド・ラブ
乾　くるみ
一九八三年元日、春香と出会った。僕たちは幸せだった。春香とそっくりな美奈子が現れるまでは。『イニシエーション・ラブ』の衝撃、ふたたび。究極の恋愛ミステリ第二弾。（円堂都司昭）
い-66-5

リピート
乾　くるみ
今の記憶を持ったまま昔の自分に戻る「リピート」。人生のやり直しに臨んだ十人の男女が次々に不審な死を遂げて……。『イニシエーション・ラブ』の著者が放つ傑作ミステリ。（大森　望）
い-66-2

Jの神話
乾　くるみ
全寮制の名門女子高で生徒が塔から墜死し、生徒会長が「胎児なき流産」で失血死をとげる。背後に暗躍する「ジャック」とは何者なのか？　衝撃のデビュー作。（円堂都司昭）
い-66-3

殺し屋、やってます。
石持浅海
《650万円でその殺しを承ります》――コンサルティング会社を経営する富澤允。しかし彼には、殺し屋という裏の顔があった…。殺し屋が日常の謎を推理する異色の短編集。（細谷正充）
い-89-2

横浜1963
伊東　潤
戦後の復興をかけた五輪開催を翌年に控え、変貌していく横浜で起きた女性連続殺人事件。日米ハーフの刑事と日系三世の米軍SPが事件の真相に迫る社会派ミステリ。（誉田龍一）
い-100-3

平城山《ならやま》を越えた女
内田康夫
奈良坂に消えた女、ホトケ谷の変死体、50年前に盗まれた香薬師仏。奈良街道を舞台に起きた三つの事件が繋がるとき、浅見光彦は、ある夜の悲劇の真相を知る。（山前　譲）
う-14-17

風の盆幻想
内田康夫
おわら風の盆本番前に、老舗旅館の若旦那が死体で発見された。周りは自殺とみる中、浅見光彦と軽井沢のセンセがタッグを組む！　幽玄な祭に隠された悲恋を描く傑作ミステリー。
う-14-21

（　）内は解説者。品切の節はご容赦下さい。

恩田　陸
まひるの月を追いかけて
異母兄の恋人から兄の失踪を告げられた私は、彼女と共に兄を捜す旅に出る。次々と明らかになる事実は、真実なのか――。恩田ワールド全開のミステリー・ロードノベル。（佐野史郎）
お-42-1

恩田　陸
夏の名残りの薔薇
沢渡三姉妹が山奥のホテルで毎秋、開催する豪華なパーティ。不穏な雰囲気の中、関係者の変死事件が起きる。犯人は誰なのか、そもそもこの事件は真実なのか幻なのか――。（杉江松恋）
お-42-2

恩田　陸
木洩れ日に泳ぐ魚
アパートの一室で語り合う男女。過去を懐かしむ二人の言葉に、意外な真実が混じり始める。初夏の風、大きな柱時計、あの男の背中。心理戦が冴える舞台型ミステリー。（鴻上尚史）
お-42-3

恩田　陸
夜の底は柔らかな幻（上下）
国家権力の及ばぬ〈途鎖国〉。特殊能力を持つ在色者たちがこの地の山深く集う時、創造と破壊、歓喜と惨劇の幕が切って落とされる！　恩田ワールド全開のスペクタクル巨編。（大森　望）
お-42-4

恩田　陸
終りなき夜に生れつく
ダークファンタジー大作『夜の底は柔らかな幻』のアナザーストーリーズ。特殊能力を持つ「在色者」たちの凄絶な過去が語られる。至高のアクションホラー。（白井弓子）
お-42-6

太田忠司
死の天使はドミノを倒す
突如失踪した人権派弁護士の弟・薫を探すために上京した売れないラノベ作家の兄・陽一は、自殺志願者に死をもたらす「死の天使」事件に巻き込まれていく。（巽　昌章）
お-45-3

大山誠一郎
密室蒐集家
消え失せた射殺犯、密室から落ちてきた死体、警察監視下で起きた二重殺人。密室の謎を解く名探偵・密室蒐集家。これぞ究極の密室ミステリ。本格ミステリ大賞受賞作。（千街晶之）
お-68-1

（　）内は解説者。品切の節はご容赦下さい。

大山誠一郎
赤い博物館
警視庁付属犯罪資料館の美人館長・緋色冴子が部下の寺田聡と共に、過去の事件の遺留品や資料を元に難事件に挑む。超ハイレベルで予測不能なトリック駆使のミステリー！（飯城勇三）
お-68-2

太田紫織
あしたはれたら死のう
自殺未遂の結果、数年分の記憶と感情の一部を失った遠子。その時に亡くなった同級生の少年・志信と自分はなぜ死を選んだのか——遠子はSNSの日記を唯一の手がかりに謎に迫るが。
お-69-1

太田紫織
銀河の森、オーロラの合唱
地球へとやってきた、慈愛あふれる宇宙人モーンガータ（見た目はほぼ地球人）。オーロラが名物の北海道陸別町で宇宙人と暮らす日本の子どもたちが出会うちょっとだけ不思議な日常の謎。
お-69-2

川端裕人
夏のロケット
元火星マニアの新聞記者がミサイル爆発事件を追ううち遭遇する高校天文部の仲間。秘密の町工場で彼らは何をしているのか。ライトミステリーで描かれた大人の冒険小説。（小谷真理）
か-28-1

垣根涼介
午前三時のルースター
旅行代理店勤務の長瀬は、得意先の社長に孫のベトナム行きの付き添いを依頼される。少年の本当の目的は失踪した父親を探すことだった。サントリーミステリー大賞受賞作。（川端裕人）
か-30-1

垣根涼介
ヒート　アイランド
渋谷のストリートギャング雅《みやび》の頭《ヘッド》、アキとカオルは仲間が持ち帰った大金に驚愕する。少年たちと裏金強奪のプロフェッショナルたちの息詰まる攻防を描いた傑作ミステリー。
か-30-2

垣根涼介
ギャングスター・レッスン
ヒート　アイランドⅡ
渋谷のチーム「雅」の頭、アキは、チーム解散後、海外放浪を経て、裏金強奪のプロ、柿沢と桃井に誘われその一員に加わる。『ヒート　アイランド』の続篇となる痛快クライムノベル。
か-30-4

（　）内は解説者。品切の節はご容赦下さい。

垣根涼介
サウダージ　ヒートアイランドⅢ
故郷を捨て過去を消し、ひたすら悪事を働いてきた一匹狼の犯罪者と、コロンビアからやって来た出稼ぎ売春婦。ふたりは大金を摑み、故郷に帰ることを夢みた。狂愛の行きつく果ては――。
か-30-3

垣根涼介
ボーダー　ヒートアイランドⅣ
〈雅〉を解散して三年。東大生となったカオルは自分たちの名を騙ってファイトパーティを主催する偽者の存在を知る。過去の発覚を恐れたカオルは、裏の世界で生きるアキに接触するが。
か-30-5

加納朋子
螺旋階段のアリス
憧れの私立探偵に転身を果たしたものの依頼は皆無、事務所で暇をもてあます仁木順平の前に、白い猫を抱いた美少女・安梨沙が迷いこんでくる。心温まる7つの優しい物語。（藤田香織）
か-33-6

加納朋子
虹の家のアリス
心優しき新米探偵・仁木順平と聡明な美少女・安梨沙。『不思議の国のアリス』を愛する二人が営む小さな事務所に持ちこまれる6つの奇妙な事件。そして安梨沙の決意とは。（大矢博子）
か-33-7

香納諒一
贄《にえ》の夜会（上下）
《犯罪被害者家族の集い》に参加した女性二人が惨殺された。容疑者は少年時代に同級生を殺害した弁護士！　サイコサスペンス＋警察小説＋犯人探しの傑作ミステリー。（吉野　仁）
か-41-1

香納諒一
無縁旅人
養護施設から逃げ出した十六歳の少女・舞子は、なぜ死なねばならなかったのか？　若者たちが抱える孤独を嚙みしめ奔走する警視庁捜査一課大河内班の刑事たち。（中辻理夫）
か-41-3

桂　望実
エデンの果ての家
母が殺された――葬儀の席で逮捕されたのは僕の弟だった。「理想の家庭」で疎外感を味わう主人公の僕は、真相を求めて父と衝突を繰り返すが……。渾身の「魂のミステリ」。（瀧井朝世）
か-43-3